Et toujours en été

DU MÊME AUTEUR

Chez le même éditeur

JULIETTE OU LA PARESSEUSE, 1999

L'HEURE ANGLAISE, 2000

COLLOQUE SENTIMENTAL, 2001

HAPPY END, 2005

L'EXCUSE, 2008

GATSBY de Francis Scott Fitzgerald, *traduction*, 2011

ADÈLE ET MOI, 2013

ETHAN FROME d'Edith Wharton, *traduction*, 2014

LE MYSTÈRE DU TAPIS D'ARDABIL, 2015

LES VACANCES, 2017

Aux éditions Honoré Champion

LA SCÈNE EUROPÉENNE, HENRY JAMES ET LE ROMANESQUE EN QUESTION, 2000

Aux éditions Klincksieck

LES RÉCITS DE RÊVE DANS LA FICTION, 2006

Aux éditions Garnier Flammarion

TENDRE EST LA NUIT de Francis Scott Fitzgerald, *traduction*, 2015

Julie Wolkenstein

Et toujours en été

P.O.L
33, rue Saint-André-des-Arts, Paris 6e

ISBN : 978-2-8180-4967-9
www.pol-editeur.com

Pour Emmie

TUTORIEL

Fin février, début mars 2018, j'étais avec Jules et deux ou trois amis à Saint-Pair-sur-Mer (Manche). Je ne me souviens plus du temps qu'il a fait, variable sans doute, pas chaud – je revois des feux dans la cheminée. Nous avons joué au mah-jong bien sûr, et à des jeux de société primés au dernier festival annuel des jeux de société, où il fallait combiner des bûches et des prairies (*Kingdomino*), ou créer des carrelages portugais (*Azul*). Malgré une connexion internet presque inexistante, nous avons aussi joué sur écran à un jeu vidéo du type *escape game* qui s'appelle *Rusty Lake : Hotel*.

Je ne suis pas experte en *escape game* (c'est, en gros, une variante particulière de jeu vidéo d'aventure graphique), et je commettrai peut-être des fautes en présentant ce que j'en ai retenu, confondrai certains des principes exposés ici avec ceux d'autres jeux, différents aux yeux des puristes. Bref, je simplifie.

Vous entrez dans une pièce. Plus ou moins familière : une cuisine, ou une salle des machines. Selon l'univers virtuel dans lequel vous projette le jeu : un laboratoire, un observatoire, une centrale électrique, une bibliothèque, un hangar à bateaux, un ascenseur, une chambre à coucher, etc. Vous devez l'explorer sous tous les angles.

Vous pouvez activer certains éléments du décor en cliquant dessus. Dans la plupart des jeux, lorsque, animée par votre souris, la petite flèche balaie l'écran, les éléments du décor sur lesquels vous pouvez agir, et seulement ceux-là, se signalent par une légère phosphorescence. Lorsque c'est une porte (d'armoire, ou donnant sur une autre pièce, un autre espace, parfois un autre temps), en général vous n'arrivez pas à l'ouvrir. Vous entendez un grincement, le battant résiste, il vous faut trouver une clef.

Parfois, pourtant, le tiroir d'un meuble cède : à l'intérieur, d'un clic, vous vous appropriez un objet. Pas une clef, ce serait trop facile : plutôt une bobine de fil, ou une petite boule de verre enneigée, un truc en tout cas dont vous ne voyez pas immédiatement à quoi il pourrait vous servir. Vous le rangez dans votre « inventaire ».

Votre « inventaire » devient, au fil de votre exploration, une liste hétérogène d'objets matérialisée à votre gré sur l'écran (à gauche ou en dessous de l'image principale, c'est-à-dire de l'espace que vous explorez), et dont vous pouvez utiliser certains éléments, séparément ou ensemble, une ou plusieurs fois (une clef – ou une clef reconstituée à partir d'un écrou et d'un tire-bouchon – ne sert d'ordinaire qu'une fois, et disparaît donc de votre inventaire, alors qu'une boîte d'allumettes y restera, et resservira).

Le but de ces jeux consiste à sortir d'une pièce pour en explorer une autre. Les plus scénarisés finissent, pièce après pièce, indices après indices, par raconter une histoire (policière, fantastique, comique, ou les trois à la fois).

Pour progresser dans le jeu (l'espace, souvent aussi le temps), il faut observer minutieusement chaque nouveau décor. Pour avancer, reculer, tourner votre regard, à droite ou à gauche, vers la zone qui vous intéresse (admettons que vous ayez affaire à un jeu dont la technique et le graphisme sont relativement sophistiqués : pas à un pionnier des années 1980), il suffit de bouger légèrement votre souris. Lorsque vous aurez réussi à ouvrir des portes, des passages, et franchirez de plus grandes distances, pointez votre souris (ou plutôt la flèche qui la représente sur l'écran) vers l'endroit où vous voudrez aller, et cliquez. Dans certains jeux, il y a même un raccourci clavier qui permet de courir. Enfin, la plupart vous offrent la possibilité de zoomer sur ce que vous voulez regarder de plus près, par exemple en caressant de votre index la molette de votre souris.

S'il y a dans un nouveau décor (c'est fréquent) des papiers qui traînent (lettre décachetée, liste de noms ou de numéros, recettes de cuisine : tout dépend du genre de pièce que vous explorez), il faut les lire attentivement. Si le jeu ne prévoit pas que vous puissiez les ranger dans votre inventaire, il vaut mieux les recopier, ou les prendre en photo si vous disposez d'un smartphone (ce qui n'est pas le cas de Jules, qui joue donc toujours muni d'un grand cahier où il prend toutes sortes de notes cabalistiques).

S'il y a des images, accrochées aux murs ou traînant dans un coin (regardez bien dans tous les coins), elles ont généralement un sens qu'il vous faudra deviner. N'oubliez pas de vérifier aussi les plafonds, on ne sait jamais.

S'il y a des appareils (télévision, grille-pain, réacteur thermonucléaire, gramophone, là encore, en fonction de l'univers proposé), essayez de les faire fonctionner en cliquant dessus. La plupart du temps, vous n'y arriverez pas (pas tout de suite), mais vous verrez s'allumer des voyants, ou passer des liquides dans des tuyaux, et vous apprendrez plus tard (lorsque vous aurez déchiffré les papiers, ou décrypté les images) à les faire marcher. S'ils font de la musique, attention : il vous faudra peut-être la transcrire, la transposer, et elle vous révélera alors un code secret (utile, si vous tombez sur un coffre-fort).

Les sons, quels qu'ils soient, ont leur importance. Le grincement d'une porte que vous avez fini par ouvrir, le cliquetis de certains appareils, les bruits vous parvenant d'une source lointaine et vous aidant à vous repérer sont autant d'indices à ne pas négliger. La plupart des jeux proposent aussi une musique d'ambiance, que vous pouvez désactiver si vous préférez.

S'il y a des fenêtres, vous pouvez quelquefois (lorsqu'il n'y a pas de rideaux, ou qu'ils s'ouvrent) regarder dehors, et le paysage vous permettra sans doute de vous orienter, plus tard, lorsque vous découvrirez d'autres pièces.

Si vous rencontrez des animaux (plus ou moins familiers selon que vous explorez un manoir hanté ou une planète non répertoriée), des plantes, des êtres vivants (terrestres ou extraterrestres), cliquez sur eux aussi : ils ont sûrement quelque chose à vous dire – le plus souvent, à vous demander. Le perroquet enfermé dans une cage que vous avez tenté en vain d'ouvrir vous signifiera (oralement ou sous la forme d'une bulle, comme dans une bande dessinée) qu'il a besoin de graines (ou d'un réacteur thermonucléaire : certains concepteurs de jeux ont un certain sens de l'humour). Un autre exemple : Thomas Jefferson, que vous surprenez en train de rédiger la constitution des États-Unis (document qui vous est nécessaire pour sauver le monde, dans le futur, de la tyrannie des tentacules violets), refuse d'ajouter aucun amendement tant que vous ne lui aurez pas allumé son cigare (si vous avez justement récolté un briquet dans votre inventaire en fouillant la pièce précédente, vous êtes très contents).

Trop souvent à mon goût, vous ne vous en sortez pas (vous ne quittez pas la pièce) sans résoudre d'ingénieux casse-tête. Jules, heureusement, adore ça et je dois reconnaître qu'il se défend. Si c'était lui qui écrivait ce livre, vous auriez droit à toutes sortes de casse-tête (géométriques, mathématiques, logiques). Si je jouais seule à un *escape game*, ce que je ne fais jamais, j'irais probablement chaque fois sur internet regarder la « soluce » (apocope de « solution », me dit le dictionnaire, registre familier, exemple : « J'ai trouvé les soluces du jeu sur internet »). Aller chercher les soluces sur internet, c'est mal (pense Jules, et je suis d'accord). Mais ce n'est pas lui, c'est moi qui écris, seule, et si dans mon univers il y a bien des casse-tête, ils seront soit faciles à résoudre, soit insolubles (et internet n'y pourra rien).

Quelquefois, dans certains jeux, vous êtes vous-même un personnage : par exemple, si vous passez devant un miroir, vous vous verrez dedans. Et si vous êtes un homme barbu et que le perroquet ne vous a pas demandé des graines, mais des poils, vous saurez qu'il vous suffit maintenant de mettre la main sur un rasoir pour soutirer des renseignements à l'oiseau (ou déverrouiller la porte de sa cage). Si vous devez gagner un concours de beauté pour que le chef des tentacules violets vous laisse entrer dans le bureau où il détient des documents vitaux pour la survie de l'espèce humaine, il faudra vous faire une beauté. Et si vous n'avez dans votre inventaire que des boulons aux formes étranges, des allumettes, et un plat de spaghettis dérobé dans un décor antérieur, sachez que les nouilles, dans certains jeux, font de magnifiques perruques.

Quelquefois, même si vous n'avez pas de visage, ni à proprement parler de corps, vous pourrez, en vous déplaçant dans le jeu, faire un peu de sport : par exemple du saut en hauteur (pour attraper un bout de papier coincé au sommet d'une horloge, ou grimper sur une corniche où vous avez aperçu un genre de radiateur électrique qui clignote). Il suffit pour cela de vous servir de la barre « espace » de votre clavier.

Mais la plupart du temps vous n'êtes qu'une main qui clique sur sa souris, un œil, une oreille et un cerveau (doué non seulement pour résoudre des casse-tête, mais aussi d'une certaine inventivité).

Peu à peu, vous vous déplacez dans un espace plus vaste (une série de pièces que vous avez réussi à ouvrir, visitées), où vous allez et venez à votre guise, assemblez des objets disséminés un peu partout, satisfaites l'appétit du perroquet installé dans l'entrée avec des poils rasés au-dessus du lavabo d'une salle de bains – lui soutirant enfin un renseignement qui vous permettra d'ouvrir une nouvelle porte, d'accéder à un nouveau décor. Pour cela (aller de l'entrée à la salle de bains) il vous faut parfois parcourir de longs corridors, descendre de hauts escaliers, les remonter : bref, vous perdez du temps. Non pas que vous soyez pressés (rares sont les jeux où le temps est compté : heureusement, Jules déteste ça). Mais bon, les corridors et les escaliers ne sont pas forcément les lieux dont les graphistes du jeu ont le plus peaufiné le dessin, vous avez suffisamment admiré le paysage, et vous n'êtes donc pas mécontents lorsque vous finissez par trouver un raccourci.

Qu'est-ce qu'un raccourci ? Vous explorez une île. Une porte, dans une paroi rocheuse, s'ouvre, par exemple grâce à la torche bleue que vous aviez rangée dans votre inventaire au tout début du jeu et qui ne vous avait jamais servi à rien. Vous franchissez cette porte. Au lieu de découvrir un nouveau décor, vous débouchez devant une salle des machines que vous connaissez déjà par cœur, même si vous n'en maîtrisez pas encore le fonctionnement. Avant de tomber sur ce raccourci, il vous fallait faire tout le tour de l'île pour aller de ladite paroi rocheuse jusqu'à ladite salle des machines, chaque fois que vous aviez remarqué un détail (un symbole gravé sur la paroi rocheuse, par exemple), qui vous permettrait peut-être de mettre en marche l'une des machines. Les raccourcis, c'est pratique. Quelquefois, ils vous permettent de voyager dans le temps.

Dans certains jeux, vous disposez d'une carte, ou d'un plan (comme vous disposez à votre guise des objets collectés dans votre inventaire), et cette carte, ce plan, se transforme à mesure que votre exploration vous donne accès à de nouveaux lieux, qui s'y trouvent immédiatement figurer, là ou avant il n'y avait rien. Les raccourcis, une fois découverts, y apparaissent aussi.

Dans les jeux que je pratique, sauf exception, vous ne mourez pas. Rien, d'ailleurs, n'est irréversible. Si vous tombez dans une cuve d'acide, si vous avez malencontreusement détruit un indice, ou si vous avez fait exploser l'île, vous pourrez reprendre l'exploration, l'aventure, juste avant votre chute, votre bêtise. C'est Jules qui s'occupe de sauvegarder les parties au fur et à mesure, mais même seule je crois que j'y arriverais. Que je ne mourrais pas ni ne détruirais rien définitivement, ce n'est pas notre genre de jeux.

« C'est comme la vie », me disait souvent ma mère. Par exemple lorsque, à peine ado, j'ai regardé avec elle à la télé *On achève bien les chevaux*, un vieux (vieux : réalisé avant votre naissance) film américain sur les concours de danse organisés pendant la Grande Dépression. Des gens très pauvres y participent à un marathon de danses de salon (en couple). On leur a promis une somme exorbitante (pour eux) s'ils gagnent : c'est-à-dire s'ils tiennent – debout, une micro-pause toutes les x heures à peine, enlacés, jour et nuit, finissant par s'endormir alternativement, l'un sur l'épaule de l'autre, le meneur de revue arpente la piste pour les réveiller, la musique joue pour rien –, s'ils tiennent, donc, plus longtemps que leurs concurrents. C'est un film d'une grande violence, violence que vous pressentez dès le début du concours, surtout si votre mère, qui l'a déjà vu, vous en a un peu raconté, avant, le sujet (vous êtes donc à peine ado).

En voyant les premières séquences, et les concurrents s'épuiser – exécuter sur un rythme endiablé des numéros de fox-trot ? de charleston ? peu importe –, s'épuiser comme s'ils n'étaient pas là pour durer le plus longtemps possible, je me suis, raisonnablement et à voix haute, demandé pourquoi ils y mettaient tant d'énergie. Pourquoi ce gaspillage, si pour gagner il fallait se ménager ? « C'est comme la vie » fut, cette fois parmi tant d'autres, la réponse de ma mère, ainsi développée dans ce cas précis : au début, quand on est jeune, on se croit invulnérable, etc. J'avais peut-être douze ans, et ma mère à peine quarante-deux.

Un *escape game*, c'est comme la vie aussi. Surtout lorsque cette vie (la mienne) est d'abord un lieu, une maison aux multiples pièces, chacune encombrée de souvenirs et peuplée de fantômes. Les traces vous y racontent une histoire, les objets vous y soumettent des énigmes, les morts vous y confient des missions. Jouer à *Rusty Lake : Hotel*, dans cette villa de Saint-Pair-sur-Mer (Manche), à la fin de l'hiver 2018, était particulièrement redondant.

L'ENTRÉE

Vous êtes arrivés du dehors. Du jardin, orienté à l'est, vous avez sans doute gravi le large perron qui mène à la porte d'entrée, à présent dans votre dos. Si vous vous retournez et essayez d'ouvrir cette porte vitrée, large elle aussi, composée, à l'ancienne, de dizaines de petits carreaux, elle résistera. Vous êtes provisoirement enfermés. Vous ne voyez pas très bien le jardin : le ciel est couvert et les carreaux n'ont pas été nettoyés depuis très longtemps.

Le jardin attendra; la plage, de l'autre côté de la maison, à l'ouest, attendra aussi : ils ont attendu pendant des années, de la fin de l'enfance à la fin de l'adolescence, quand j'aimais mieux lire dans ma chambre qu'aller « jouer dehors », comme le préconisaient avec insistance des grandes personnes pourtant favorables à la lecture : « va jouer dehors, il ne pleut pas », ou « pas beaucoup » ou, plus rarement, « il fait un temps sublime ». Comme le réclamaient avec encore plus d'insistance les copines invitées là à passer des vacances, et plus sensibles au charme de la pêche aux coques qu'aux romans, ces très longs romans parfaits à lire en vacances, justement, et qui me clouaient sur mon lit, réduisant les copines en question à la compagnie d'enfants plus petits ; tous, grandes personnes, copines et enfants plus petits finissaient l'été nettement plus bronzés que moi, ces années-là.

Il n'y a pas d'autre fenêtre, dans l'entrée. Si vous savez que la plage est à l'ouest, de l'autre côté de la maison, c'est parce que je vous l'ai dit : même si la mer était haute, vous ne l'entendriez pas vraiment, car (en plus de la porte d'entrée vitrée), les quatre portes que vous apercevez (dont deux à deux battants) sont dûment fermées (vous êtes dans un *escape game*). Vous pouvez tout de suite le vérifier en cliquant sur chacune d'elles (et sur chacun des deux battants lorsque ce sont de doubles portes). Si vous montez le son de votre ordinateur, vous percevrez, au loin, l'aboiement d'un chien, le cri des mouettes, le bruit du vent, peut-être un peu de pluie (le ciel est vraiment couvert), mais c'est tout.

Au plafond, il y a surtout des toiles d'araignée, et une suspension en verre rosâtre, décorée de grappes de fruits en relief, qui ressemble un peu à un diaphragme contraceptif et diffuse, le soir ou les après-midi pluvieuses, une lumière tamisée.

Il fait toujours frais dans l'entrée, même les jours de canicule, et glacial au plus fort de l'hiver : le gros radiateur en fonte ne peut rien contre les courants d'air qui sifflent perpétuellement dans la cage d'escalier. Et il y fait toujours sombre. On y voit parfois le soleil pénétrer brièvement le matin – deux conditions rarement réunies : qu'il fasse beau dès le matin (ici, ce sont plutôt les fins de journée qui sont belles), et que vous vous soyez levés avant midi. Les nombreuses boiseries de pitchpin (ce bois importé massivement d'Amérique du Nord à la fin du XIXe pour construire les villas balnéaires européennes, réputé pour sa résistance à l'humidité, et d'un brun cuivré) maintiennent l'entrée dans la pénombre. Le soir, lorsque vous aurez ouvert l'une de ces portes, son battant, exposé à l'ouest, s'illuminera. Le pitchpin a des reflets rouges qui flamboient lorsque le soleil se couche.

Toujours dos au jardin, vous avez face à vous, contre le mur du fond, le départ de l'escalier qui dessert les étages supérieurs. Il monte d'abord de droite à gauche, puis fait un demi-tour à 180° et poursuit vers la droite.

À mi-étage, sur la gauche, en plein dans le tournant, une savante mosaïque de marches palières, aménagées sans doute après la construction de l'escalier (même de là où vous êtes, ça paraît casse-gueule) mène à une porte à deux battants. Vous avez le droit de vous demander quel genre de pièce supplémentaire a nécessité de tels aménagements, postérieurs à la construction de la maison (vers 1880, ou 1890 : personne dans la famille n'en connaît la date exacte).

Après le tournant, dans la deuxième partie de l'escalier, appuyé à la haute cloison tendue d'un épais tissu aujourd'hui grisâtre, comme le sable mouillé à marée basse, et taché de traces noires, il n'y a plus qu'une seule rampe, à main droite. Ce qui explique les taches sur la tenture grisâtre, surtout à la hauteur des mains d'enfants – toutes poisseuses à force de sucer les confiseries locales, toujours en vente à la pâtisserie de Saint-Pair, représentant des galets veinés de vert (pistache), ou de rose (fraise), qu'il faut tenir à pleine main, pas de bâtonnet – mains d'enfants (quel âge : deux? trois ans?) bien décidés à gravir les marches sans l'aide d'un adulte, mais trop jeunes pour y arriver sans se tenir – de préférence au mur, à leur gauche, plus rassurant que les balustres de pitchpin grossièrement sculptés sur leur droite, trop épais de toute façon pour qu'ils puissent les enserrer de leurs petits doigts, et dont certaines arêtes luisent d'un air menaçant. Le tournant, juste avant, ils n'ont pas eu honte de le négocier en revenant provisoirement au quatre-pattes : sinon, c'est dangereux, même les parents le prennent prudemment, surtout lorsqu'ils ont bu. Mon dernier fils est tombé de cet escalier, une après-midi de l'été 2007. Il avait à peine deux ans. Nous étions quatre ou cinq adultes au bas des marches qu'il descendait, peut-être un peu trop vite. Il s'est juste cassé la clavicule et, à cet âge, la clavicule, ça se recolle tout seul. Mais nous n'aimons pas les chutes d'enfant, dans ma famille. J'ai eu un petit frère qui est mort à deux mois, probablement d'une chute. Et l'accident de mon fils montre bien que, même surveillés, les enfants tombent. Sur le sable mouillé grisâtre de la plage aussi, il y a des taches noires – de la vase, du varech et, quand j'étais petite, un truc collant qu'on appelait du « goudron ». Ce devait être en 1978, après le naufrage de l'*Amoco Cadiz*. Les grandes personnes prononçaient, en nous aidant à décaper nos plantes de pieds dans les profondes baignoires des étages supérieurs, un autre mot exotique et terrifiant : *Torrey Canyon*. Je n'étais pas née, l'année du naufrage du *Torrey Canyon*, mais mes parents et mon grand demi-frère passaient déjà leurs vacances à Saint-Pair, sans doute chez les cousins.

Restent trois autres portes, au rez-de-chaussée.

La première, sous l'escalier, pas besoin d'avoir jamais joué à un *escape game* pour deviner qu'elle ouvre sur d'autres marches qui, tournant en sens inverse, descendent à la cave. C'est important les caves, dans les *escape games*. Dans celle-là, j'ai cherché un été entier un passage secret qui relierait la maison à celle de mes cousins. J'ai enrôlé les cousins. Je venais de découvrir *Le Club des cinq*. Les grandes vacances duraient deux mois et demi à cette époque, et l'exploration de la cave était une activité d'intérieur bien tolérée par les grandes personnes, lorsqu'il pleuvait « vraiment trop » pour jouer dehors. Nous n'avons pas trouvé de passage secret (de « raccourci »). Je n'ai jamais passé autant de temps à jouer à aucun *escape game*. J'ai continué à croire au *Club des cinq*.

La deuxième porte est en face de vous. Elle a la même taille que celle qui va (probablement) à la cave, et se découpe sur le mur du fond.

La dernière est une double porte, au fond aussi, mais sur le mur de droite.

Au sol, il y a un vieux carrelage composé de tomettes octogonales, aux cabochons décorés de motifs géométriques vaguement floraux. Les carreaux sont crème, les motifs couleur rouille, beige et bleu clair. Il y a aussi deux grands paillassons, l'un devant la porte d'entrée, l'autre au bas de l'escalier. C'est un pays pluvieux, la Manche.

Rayon casse-tête, vous êtes servis :

Vous tournez toujours le dos à la porte d'entrée vitrée. Le long du mur de droite, avant la double porte, il y a un banc surmonté d'un portemanteau de deux mètres de long, d'où pendent des cirés de marins à différents stades de décomposition, plus ou moins gluants d'humidité, plus ou moins raidis par le sel. Mais rien n'atténue leur couleur, jaune canari ou orange mûre. Des chapeaux de paille aussi, et des tas de vêtements abandonnés là par des gens de passage, et par les occupants de la maison lorsqu'ils grandissent, ne les portent plus, ou meurent : écharpes, doudounes d'enfants. Le tout s'est presque fondu en un magma aux arômes sous-marins. Dans un *escape game*, même moi j'aurais du mal à identifier les propriétaires de ces algues textiles, à part la veste de quart, qui appartenait à mon père, et que portent depuis sa mort tous les membres de la famille ou leurs amis s'ils mesurent plus ou moins un mètre quatre-vingts et qu'ils n'ont rien prévu de sérieux dans leur valise, en cas de grain violent – et s'ils veulent quand même « jouer dehors ».

Quant au nombre presque équivalent de paires de chaussures à moitié dissimulées sous le banc, si vous essayez de cliquer dessus et de les mettre dans votre « inventaire », vous serez parés à toute éventualité météorologique locale (bottes fourrées, baskets, espadrilles, tongs). Mais, là encore, je vous mets au défi de les attribuer à leur légitime propriétaire. Et, je vous avais prévenus, la « soluce » n'est pas sur internet.

Contre le mur de gauche, une grosse armoire en bois contient des piles de linge : draps, taies d'oreiller, serviettes, tous dépareillés. Personne à ma connaissance n'a jamais réussi à instaurer une méthode de rangement durable. Pour résoudre ce casse-tête, et arriver à faire correctement un lit dans cette maison (ils sont tous de taille différente), la seule « soluce » c'est de replacer draps, housses de couette et taies d'oreiller, une fois lavés, plus ou moins bien pliés et jamais repassés, sur le lit d'où ils proviennent. Il arrive que même cette méthode échoue : lorsqu'il faut faire de nombreuses machines de linge le jour du départ, souvent avec la gueule de bois (il a bien fallu se consoler de ce départ, et fêter la dernière soirée dans la maison), certains draps finissent par atterrir sur un matelas trop grand ou trop petit pour eux. Et elle n'empêche pas l'armoire de l'entrée de déborder : de serviettes de plage élimées, de tapis de bain volés par ma mère dans des hôtels, de taies d'oreiller autrefois brodées, aujourd'hui pleines de trous. Dans les deux grands tiroirs, en bas de cette armoire, il y a des couche-partout (c'est comme ça qu'on appelait ça, chez moi : de fins matelas pliants d'extérieur) qui ont autrefois, comme d'ailleurs l'armoire, appartenu à ma mère, à une époque où, divorcée de mon père, elle ne venait plus ici et passait ses vacances sur des couche-partout, à la campagne, mais qu'elle a offerts à la maison, lorsque, mon père mort, elle a vendu sa maison de campagne. Les meubles et les objets, dans cette maison, ont souvent été ballottés, comme des enfants en garde alternée, au gré des recompositions familiales.

Sous l'escalier, appuyé au gros radiateur en fonte, en face de vous, il y a un large coffre en bois tout droit sorti d'un album de *Tintin*. Le coffre au trésor par excellence, fait de planches et de ferrures également noirâtres (mieux vaut prévenir tout de suite ceux qui ont retenu, du tutoriel, qu'il y avait parfois des coffres-forts dans un *escape game* : ils ne trouveront rien de tel dans cette maison). Longtemps, il a abrité des couvertures carrées en lainage rêche, dont le tissage esquissait, en rouge sur fond bleu marine, une boussole sommaire au centre et les quatre points cardinaux, un par côté : les mêmes couvertures qui servaient quand on dormait sur le bateau, l'été, et qu'on entassait l'hiver dans ce coffre où elles moisissaient tranquillement, entre les petites vacances. À la Toussaint, à Noël, souvent à Pâques, elles étaient aussi bien utiles, à terre, sur les draps humides, à condition de n'avoir pas beaucoup d'odorat et de s'amuser à les disposer sur son lit en respectant les directions dessinées, le nord au nord, le sud au sud, ça n'est pas difficile de se repérer, dans cette maison, même enfant : la mer est à l'ouest, point. On a fini par jeter ces couvertures. La maison est mieux chauffée. Elles sentaient trop mauvais.

Le coffre au trésor par excellence contient maintenant des déguisements. Mais son nouveau contenu est, si j'en crois les rapports de résidents plus jeunes que moi, un nouveau casse-tête : lorsqu'ils ont fait la fête une bonne partie de la nuit, ils ont du mal, le lendemain, à me raconter avec certitude qui a porté le déguisement de quoi. Untel était en Tigrou, là-dessus, tout le monde est à peu près d'accord, mais les costumes de homard, de licorne, de pénis et de babouin ont fait l'objet de négociations avinées, et il est bien possible qu'ils aient tourné, durant la soirée.

Récemment, l'acquisition d'un deuxième coffre, placé à votre gauche avant l'armoire à linge (pas un coffre au trésor, celui-là : une grande boîte en aluminium brossé surmontée d'un couvercle en bois brut imitant on ne sait trop quel mobilier censé évoquer la marine, trouvée dans la zone commerciale de Granville dans un supermarché de décoration discount) a fourni une « soluce » au casse-tête que constitue le tri sélectif dans une grande maison où l'on est souvent nombreux et où la cuisine, vous verrez si vous parvenez à *escape the room*, est toute petite. Les déchets (journaux, emballages, bouteilles – beaucoup de bouteilles) avaient tendance, depuis quelques années, à s'accumuler dans des cartons ou des cagettes, à votre droite, entre la porte d'entrée et le banc. Lorsqu'ils commençaient à boucher le passage, le plus valeureux des membres de la maisonnée les emportait en voiture jusqu'à un point de collecte. En attendant (et on attendait parfois longtemps), ça faisait désordre et, niveau désordre, l'entrée bat déjà des records (vous n'avez pas encore tout vu). Vous arrivez donc trop tard : cette énigme-là a été résolue par l'achat du coffre à déchets.

Sans être une salle des machines, l'entrée est pourvue de trois appareils que, dans un *escape game*, vous devriez essayer de faire marcher.

À gauche, en entrant, de la porte-fenêtre qui donne sur le jardin, il y a un tableau électrique pourvu d'un disjoncteur qui alimente toute la maison. Si la suspension en forme de diaphragme contraceptif était éteinte à votre arrivée, et si, en appuyant sur les différents interrupteurs que vous avez repérés, elle l'est restée, vous n'avez qu'à remettre le courant en actionnant le disjoncteur. Ne vous inquiétez pas du boîtier fixé au plafond : c'était une alarme, mais elle est désactivée depuis bien longtemps. A priori, allumer la lumière ne servira à débloquer aucune des portes. Mais, si vous étiez dans la pénombre, vous y voyez maintenant un peu mieux, ce qui vous permettra d'observer de plus près les tableaux accrochés ici ou là.

Finissez-en d'abord avec les appareils.

Le deuxième est un aspirateur coincé dans l'étroit vide central de la cage d'escalier : au cas où vous rencontreriez, dans la suite de votre exploration, un être (animal, humain ou extraterrestre) qui vous demande de passer l'aspirateur, mettez-le dans votre inventaire. Même s'il est peu probable que quiconque, dans cette maison, ait ce genre d'exigence. C'est une maison de vacances, en bord de mer, dans une région où il arrive qu'il pleuve. Ses occupants tolèrent très bien, en général, le carrelage boueux de l'entrée et les planchers ensablés des autres pièces. Et s'ils ne s'en accommodent pas, ils passent l'aspirateur eux-mêmes.

Le troisième appareil est peut-être plus intéressant. Le mur de droite, en face du départ de l'escalier – entre le banc (surmonté du portemanteau et dissimulant une collection de chaussures) et la porte à deux battants, au fond – le mur forme une saillie lambrissée de pitchpin à laquelle sont accrochés plusieurs objets. Le premier en partant du bas – placé à cette hauteur pour qu'un adulte, sans avoir à trop se pencher, et un grand enfant, à condition de lever les yeux, puissent le consulter – est un baromètre. Il est rond, semble ancien, et son aiguille s'est arrêtée entre « variable » et « beau ». Pour l'éternité, je le crains. Tapotez-le, comme le faisait mon père à une époque où il n'y avait pas encore d'appli météo. Mais, même de son temps, je ne crois pas que ce baromètre ait jamais donné satisfaction (je parle de son bon fonctionnement, pas de la météo qu'il prévoyait : les vacanciers, ici, se satisfont de pas grand-chose, du moins ceux qui ne viennent pas pour la première fois). Mon père se fiait davantage à la météo marine, qu'il écoutait plusieurs fois par jour sur un minuscule transistor portatif qui le suivait de pièce en pièce, égrenant en grésillant de beaux noms énigmatiques, comme « mer d'Iroise ». Tapotez le baromètre, mais n'en espérez rien.

Vous avez fait le tour des machines. Vous pouvez maintenant essayer de ranger dans votre inventaire tous les objets qui traînent. Lorsque vous pointez votre souris sur les vêtements accrochés au portemanteau, puis sur les chaussures, et cliquez, vous récoltez une paire de bottes en caoutchouc jaune. Mais les rehausseurs, réglementaires pour transporter les enfants du XXIe siècle en voiture (j'ai grandi, ni surélevée ni attachée, à l'arrière de voitures où les grandes personnes fumaient), et les bouées-brassards (en nombre impair et manifestement dégonflées), entassés au sommet de l'armoire à linge, refusent d'obéir à votre souris et de rejoindre votre inventaire, de même que les vieilles raquettes de tennis aux cordes distendues ou la poussette d'enfant pliante (cassée). Qu'en feriez-vous, de toute façon ? En revanche, le grand parasol couleur taupe (acheté dans le même supermarché de décoration discount de la zone commerciale que le coffre à déchets) s'affiche docilement à gauche de votre écran. Cette prise est prometteuse car, si vous arrivez enfin à sortir de la maison, il se peut que vous en ayez besoin, et donc qu'il fasse « un temps sublime ». Au passage, vous faites main basse sur l'enrouleur de câble électrique (autrement dit : une super-rallonge). Je ne sais pas encore à quoi il vous servira, mais dans un *escape game*, il est déconseillé de négliger quoi que ce soit, même s'il arrive qu'un objet saisi et ajouté à votre inventaire se révèle inutile jusqu'à la fin du jeu. Il y a parfois des bugs.

Essayez d'ouvrir le coffre au trésor : oui, le couvercle se soulève sans barguigner. Un seul déguisement accepte de rejoindre votre inventaire. C'est un costume de babouin. Taille unique, dit l'étiquette lorsque vous zoomez dessus, ce qui ne vous avance pas à grand-chose. Tentez ensuite le coffre en aluminium où l'on entrepose les déchets : aucune bouteille ne vous suit, mais n'ayez pas de regrets, elles sont toutes vides. En revanche, vous vous emparez facilement d'un numéro d'été du magazine *Elle*. Quel été ? Difficile à dire, ses couvertures montrant des filles en maillot de bain ont peu changé depuis quarante ans que je le lis. Zoomez dessus et vous découvrirez qu'il date d'août 2017.

Vous allez maintenant vous attaquer aux tableaux.

Vous n'avez pas pu vous empêcher, en tapotant le baromètre accroché au lambris de pitchpin, à droite, de remarquer et de commencer à lire (même si Jules vous conseille instamment de finir d'abord votre « explo ») l'affiche, encadrée et sous verre, qui se trouve juste au-dessus du baromètre, à hauteur seulement du regard des adultes, elle, pas des enfants. Il s'agit justement d'un texte destiné à préserver la pudeur des âmes sensibles. Je ne sais plus du tout depuis combien de temps est exposée là, ni quel ami de passage aurait offert à mon père (je ne le vois pas l'acheter, encore moins l'accrocher dans l'entrée, mais je peux me tromper) cette reproduction d'un arrêté municipal datant de juin 1873 qui réglemente très précisément les bains de mer (c'est-à-dire la portion de nudité féminine décente) sur la plage de Saint-Pair.

Au-dessus de cette affichette, le troisième et dernier objet accroché au lambris est une cloche de cuivre. On peut la faire sonner en tirant sur une assez longue chaîne au bout de laquelle un anneau pendouille, à la hauteur du baromètre. Nous ne sommes pas loin de Villedieu-les-Poêles, commune dont le nom fait toujours rire les amis qu'on invite ici pour la première fois : « Sortez de l'autoroute à Villedieu-les-Poêles », ou, avant que le site internet de la SNCF n'indique en temps réel les retards sur la ligne Paris-Granville : « Prévenez quand le train quitte Villedieu-les-Poêles, c'est l'avant-dernier arrêt, ça nous laisse exactement le temps de venir vous chercher à la gare de Granville » suscitent immanquablement des plaisanteries égrillardes. Vous, si vous n'en connaissiez pas l'existence avant d'en voir le nom écrit ici, vous ne pensez pas pubis, vous avez peut-être même compris que la principale activité de ce bourg est, depuis le XVIe siècle, la poêlerie : autrement dit, il y a là une fameuse fonderie qui fabrique des cloches et surtout (déclin de la chrétienté, même dans l'Ouest, mais persistance des traditions culinaires) des poêles. Je dis que la cloche de l'entrée est en cuivre, parce qu'on n'est pas loin de Villedieu-les-Poêles (où j'ai même longtemps cru que se trouvait une mine de cuivre : je ne suis pas très douée en géographie), mais même en zoomant dessus, difficile d'être formelle : elle est toute noire. Ce qui ne veut rien dire : dans cette maison, on n'astique pas souvent les cuivres, surtout lorsqu'ils sont situés en hauteur, dans un coin obscur d'une pièce où on ne fait que passer. Mais on sonne souvent cette cloche, lorsque la maison est très remplie, jusqu'au fond du deuxième étage, et qu'un repas est servi. Même les gros dormeurs l'entendent. Vous pouvez cliquer sur l'anneau : le cuivre de la cloche, si c'en est, ne brille pas, mais le son est ravissant.

Il y a dans l'entrée trois tableaux, et tous trois représentent la maison, ou du moins en donnent-ils l'impression.

Le premier laisse peu de doute. Il ressemble à une case de bande dessinée, entourée d'une marie-louise en papier noir, et juste placée sous un verre, sans cadre. On l'a accroché sur le mur de gauche, au lambris qui fait pendant, exactement, au baromètre, à la « Police des bains de mer » et à la cloche. Entre les deux lambris, il y a donc le départ de l'escalier, de droite à gauche. Sa rampe extérieure est en partie masquée par le gros radiateur en fonte auquel est appuyé le coffre au trésor. Au lambris de gauche, contre lequel cette rampe vient buter, avant que l'escalier ne tourne dans l'autre sens, est fixée une petite étagère sur laquelle est posé un très vieux modèle réduit de voilier où les araignées aiment à faire leur toile. En zoomant sur la plaque en cuivre (noirâtre) clouée sur son support, vous apprendrez que c'est la maquette d'un bateau nommé *Ouragan*, construit en 1830, et qu'elle a été réalisée rue Royale, à Port Louis, sur l'île Maurice, par un certain Lai Min. (Sur l'original, les avis divergent : c'est un brick, tout le monde est d'accord, mais les uns disent qu'il servait à la traite des Noirs – à une date où l'esclavage avait pourtant été aboli en Europe – d'autres qu'il n'était absolument pas caréné pour ça.)

Et au-dessus, presque à la hauteur où l'escalier tourne vers la droite dans ce virage casse-gueule, nous y arrivons, il y a ce tableau qui ressemble à une case de bande dessinée. Je l'appelle comme ça, mais je ne pourrais pas affirmer qu'il s'agit bien d'un dessin, les couleurs ont peut-être été ajoutées au pinceau (vous-mêmes, en zoomant, n'êtes pas sûrs). Pourtant, je me souviens du copain de mon grand demi-frère, invité là en vacances, dans les années 1980, qui en est l'auteur. Ou plutôt, je me souviens d'un couple de copains invités par mon grand demi-frère, peut-être étudiants aux Beaux-Arts, assez sympas, et que lui, le garçon, l'avait réalisé et nous l'avait laissé en cadeau. Mais je ne le revois pas en train d'y travailler (je sortais tard la nuit et dormais tard le jour, à cette époque-là, et ma vie sociale, dans la maison tout du moins, s'en trouvait réduite).

Ce qui est certain, c'est que ce « dessin » représente précisément le décor dans lequel il est exposé : on y voit le départ de l'escalier, la mystérieuse double porte sur le palier bricolé, à mi-étage, le carrelage octogonal, les boiseries de pitchpin, le radiateur de fonte, et une paire de bottes de pêche en caoutchouc jaune. Un exemple parfait de mise en abyme. Ou presque. Si vous prêtez attention aux détails, vous verrez qu'il n'y a pas de paillasson au bas de l'escalier (on devait se contenter à l'époque d'un seul, devant la porte d'entrée), et pas de maquette de voilier sur l'étagère, mais, simplement posée là, la cloche de cuivre, dont on se servait sans doute moins souvent (il aurait fait beau voir que quiconque prenne le risque de me réveiller d'un coup de cloche, dans les années 1980, après une nuit blanche à la discothèque d'Hauteville-sur-Mer). J'ai oublié à quelle date la cloche a été solidement suspendue au mur d'en face. Sur le dessin il n'y a pas, non plus, de coffre au trésor.

La première femme de mon père (désolée pour cette mise au point généalogique : elle sera brève, mais indispensable – désolée aussi que mon père ait eu une vie amoureuse compliquée, c'est ainsi), sa première femme, dont il a eu un fils (ce grand demi-frère, de huit ans plus âgé que moi), et dont il a divorcé, a vendu à la fin des années 1980 sa propre maison de famille, et nous a offert toutes sortes de meubles et d'objets (dont, je crois, ce coffre au trésor : c'est pourquoi il ne figure pas sur le dessin, antérieur à ces dons). Ma mère, sa seconde femme, avec qui mon père a eu, après moi, le petit garçon mort d'une chute à deux mois, puis ma sœur, était encore mariée avec lui lorsqu'il a acheté cette maison, en 1972 ou 73. C'est ma mère qui l'a en majeure partie décorée et meublée. Après leur divorce, elle a fini par avoir sa propre maison à la campagne : en plus des couche-partout et de l'armoire à linge, lorsqu'elle a à son tour, en 2011, vendu cette maison de campagne, elle a à son tour envoyé ici un grand nombre de meubles et d'objets – renvoyé, pour certains d'entre eux qui y avaient déjà séjourné dans les années 1970, du temps de son mariage avec mon père.

Tout ça pour dire que, si nous devions dater avec précision le dessin ou le coffre au trésor, il est certain que le premier est arrivé avant le second.

Un peu plus bas, sur le même panneau, accroché non pas au lambris mais juste à côté, au mur de gauche de l'entrée (entre l'armoire à linge et l'escalier), mur tendu du même tissu couleur sable mouillé que la cage d'escalier, un deuxième tableau représente une villa normande. Même style de bande dessinée, même format, mêmes coloris (brun rouille, crème), mais bordé d'une marie-louise blanche et encadré, celui-là. Comme il est manifestement du même auteur que le premier, et date du même été (je n'ai pas souvenir que le copain artiste de mon grand demi-frère soit venu plusieurs fois), vous en déduisez que la villa normande qu'il représente, ou plus exactement sa façade, orientée à l'ouest (on n'y voit pas les sapins que laisse deviner, de l'entrée, la porte-fenêtre donnant sur le jardin), est la maison que vous êtes en train d'explorer. Peut-être aurez-vous l'occasion, plus tard, d'avoir sur cette maison une vue d'ensemble, du dehors, et serez-vous alors en mesure de noter là encore les divergences du dessin d'avec son modèle (anachronismes ou licences artistiques ?). Pour l'instant, à supposer qu'il s'agisse bien de la maison, elle aurait deux étages, en plus du rez-de-chaussée (le second, sous le toit, très mansardé), avec trois pièces (ou du moins trois ouvertures) par étage (rez-de-chaussée compris). Au rez-de-chaussée, la fenêtre de droite serait un bow-window et les deux autres des portes-fenêtres ouvrant sur une étroite terrasse en ciment qui court le long de la façade et permet, en descendant quelques marches, au centre, de gagner le jardin côté mer (jardin est beaucoup dire : sol serait plus exact). Sous cette terrasse, on aperçoit des soupiraux qui doivent éclairer la cave. Pour le reste, vieilles briques, enduit crème, toit d'ardoises, c'est une villa normande tout ce qu'il y a de classique, à laquelle le style du dessinateur confère une touche hantée.

Le troisième tableau est accroché au mur de droite, très haut au-dessus du portemanteau. C'est une reproduction, mais la signature est celle d'un peintre célèbre, avec qui travaillait la première femme de mon père. Il pourrait s'agir aussi de la maison, vue du nord (bord de mer d'un côté, hauts sapins de l'autre, parements de briques, toit d'ardoises, etc.), même si ce peintre célèbre n'est jamais venu ici, à notre connaissance. Peut-être l'a-t-il peinte d'après une photo ou une carte postale? L'aurait-il fait sciemment (je veux dire : aurait-il choisi exprès une photo ou une carte postale représentant la maison où le fils de cette dame passait ses vacances)? Impossible de trancher, pour l'instant : attendez d'être dehors pour juger. Et pour vérifier surtout s'il y a bien, côté mer, ces quelques marches, ajoutées dans un coin, en bas à droite, du tableau, qui pourraient mener à la plage en contrebas.

(Quelques semaines après avoir écrit ces lignes, je suis à Paris, arrêtée en voiture à un feu rouge par une nuit neigeuse. Mon regard se pose par hasard sur la devanture d'une poissonnerie-bar à huîtres qui propose des huîtres à volonté pour un prix raisonnable. Le feu reste rouge assez longtemps pour que je finisse par apercevoir, scotchée de l'intérieur à ladite devanture, une affiche représentant précisément le même tableau, du même peintre célèbre. Le lendemain, je me rends à la galerie qui l'expose, demande à voir l'original. La galeriste, aimable – curieuse aussi, lorsque je lui explique pourquoi j'ai atterri chez elle –, va le chercher au sous-sol, le déballe pour moi. À sa connaissance, il n'en existe aucune reproduction. Nous en restons là.)

Vous avez maintenant fini votre « explo » du rez-de-chaussée. Jules (qui est intraitable sur ce point) serait d'accord. Vous pouvez donc vous hasarder à monter l'escalier et à visiter les étages. Les marches, couvertes en leur milieu d'un mince tapis beigeasse, grincent affreusement. Au premier, un palier, avec sur votre droite une petite fenêtre donnant au-dessus du perron de l'entrée, et trois portes : inutile d'en détailler l'emplacement, de toute façon, je vous avais prévenus, elles sont toutes fermées. Du palier, part un petit couloir, en face de vous, qui dessert deux autres pièces, également fermées. Une seule de ces cinq portes, immédiatement à main gauche lorsque vous vous trouvez sur la dernière marche en haut de l'escalier, est garnie dans sa moitié supérieure de carreaux de verre dépoli. Même configuration au second étage. Mêmes portes closes. Vous n'avez plus qu'à redescendre étudier sérieusement les indices dont vous disposez, et vous demander à quoi employer les objets rangés dans votre inventaire (voire à enrichir encore cet inventaire en cliquant sur de nouveaux objets que vous n'avez pas encore essayé de vous approprier : le modèle réduit d'*Ouragan* est d'accord, ainsi que le paillasson disposé au bas de l'escalier, et même la cloche, à condition de sauter très haut et de cliquer sur son support – il suffit pour cela de taper sur la barre « espace » de votre clavier). Vous avez beau cliquer dessus, ni le paillasson placé devant la porte d'entrée, ni le baromètre, ni les tableaux ne veulent, eux, rien entendre.

Mon premier souvenir de la maison (et un de mes premiers souvenirs tout court) date du début de l'été 1972 et se situe dans cette entrée. Il fallait à l'époque plus de cinq heures en voiture pour venir de Paris (il n'y avait pas d'autoroute, mais Villedieu-les-Poêles était déjà l'avant-dernière gare, et, lorsqu'on venait par la route, la dernière ville d'importance avant l'arrivée, avant « le premier qui voit la mer a gagné » – pour peu qu'il fasse jour et que la mer soit haute).

Nous étions arrivés en pleine nuit, et la nuit tombe très tard, au début de l'été, à Saint-Pair. Il devait donc être au moins minuit. J'avais quatre ans. J'avais dû dormir une bonne partie du trajet, à l'arrière de la voiture, sans rehausseur ni ceinture de sécurité. J'ai tout oublié de ce voyage (que j'avais déjà fait : ma famille passait ses vacances à Saint-Pair depuis toujours, et moi depuis ma naissance, à droite à gauche, chez des cousins ou d'autres, avant que mon père ne loue, ce premier été, puis n'achète la maison), tout oublié de notre arrivée (je ne saurais dire, par exemple, s'il y avait avec nous, dans la voiture, mon grand demi-frère) et de cette première nuit. Tout, sauf la montée de cet escalier. Ma mère (parce qu'elle avait perdu, trois ans plus tôt, un bébé de deux mois et redoutait les chutes, ou simplement parce que je dormais encore lorsqu'elle m'avait sortie de la voiture et qu'elle espérait me coucher sans que je me réveille?) me portait dans ses bras. J'ai dû me réveiller au moment où elle a pris le virage et où est apparu, en face de nous, le palier du premier étage. Ce dont je me souviens, c'est du mur, à quelques centimètres de mes yeux d'enfant. Il n'y avait pas encore la tenture grisâtre. (Qui serait d'abord beige, les premiers temps, après que ma mère l'aurait fait poser dans l'entrée et la cage d'escalier : mon deuxième premier souvenir de cette maison c'est, quand nous y sommes retournés, après les travaux, pour les vacances de Pâques l'année suivante, le tapissier perché sur une échelle qui finissait de clouer les galons, tout neufs, aujourd'hui grisâtres et tachés aussi, qui maintiennent toujours cette tenture, j'avais sympathisé avec le tapissier.) Un papier peint en lambeaux révélait dans ses échancrures des papiers plus anciens, différents motifs superposés là depuis la construction de la maison (presque un siècle, en 1972), et que l'humidité, le salpêtre, l'absence de travaux récents exhibaient comme des plaies en forme de losanges déchiquetés, fleuris ou rayés, aux teintes également fanées. Je revois très nettement ces lambeaux qui pendaient. Peut-être ai-je eu le temps, blottie contre l'épaule gauche de ma mère (qui se serait attardée là quelques secondes, la main droite sur la rampe de pitchpin, pour reprendre son souffle ou pour parler à quelqu'un, resté au-dessous d'elle dans l'entrée : demander par exemple à mon père de lui monter tel ou tel objet resté dans une valise, et indispensable à mon coucher?), peut-être ai-je eu le temps d'effleurer un de ces lambeaux de la main, de tirer légèrement dessus pour augmenter la déchirure et découvrir davantage de fleurs, de rayures. Cette atmosphère de maison hantée aurait dû me terrifier. Je me la rappelle au contraire, chaque fois que je prends ce virage, comme d'un coup de foudre.

La dernière fois que j'ai vu mon grand demi-frère, c'était dans cette entrée. Du moins, je le suppose. Nous nous sommes sûrement dit au revoir là, embrassés avant qu'il ne reprenne la route pour Paris. Je ne l'ai sûrement pas accompagné dehors. On ne le fait ici qu'avec un visiteur de passage, ou à l'occasion d'une visite elle-même un peu formelle, et encore, seulement s'il ne pleut pas des cordes. J'essaie en vain de me souvenir si je l'ai regardé ensuite, depuis la fenêtre de la cuisine par exemple, ou de la salle à manger, enfourcher sa moto Guzzi rouge et bleue flanquée d'un side-car rempli de valises, descendre l'allée en vrombissant discrètement, franchir le portail et tourner à gauche dans l'impasse. Je ne pouvais pas me douter, ce matin d'août 2017, que je ne le reverrais pas vivant.

Les W.-C.

Qu'avez-vous, dans votre inventaire, qui puisse vous aider à ouvrir une porte ? À progresser dans le jeu ?

Un aspirateur.

Une paire de bottes en caoutchouc jaune.

Un parasol.

Une rallonge électrique.

Un déguisement de babouin.

Un numéro du *Elle* datant de l'été 2017.

Une petite maquette de brick (négrier ?).

Une cloche (en cuivre ?).

Un paillasson.

Il n'est pas rare, lorsqu'on joue à un *escape game* et qu'on est coincé, d'envisager les solutions les plus hasardeuses (rappelez-vous l'exemple, cité dans le tutoriel, du plat de spaghettis reconverti en perruque).

On essaye d'abord de forcer l'objet récalcitrant (souvent, il s'agit d'enfoncer une porte) à coups de hache (quand on en possède une dans son inventaire, ce qui n'est pas le cas ici), puis avec d'autres instruments plus ou moins contondants, plus ou moins adaptés. Je suis sûre que vous avez déjà songé (sinon, allez-y, qu'est-ce que vous attendez ?) à utiliser, pour défoncer une porte, le parasol, voire la cloche ; si elle est vraiment en cuivre, elle peut faire des dégâts, comme aussi l'enrouleur de câble électrique ou le paillasson, qui ont l'air lourds, ou encore l'aspirateur, que vous risquez d'abîmer, mais pour la bonne cause. Si ces options – les moins déraisonnables – ne donnent rien, on passe en général (le ridicule n'a jamais tué, dans un *escape game*, heureusement pour Jules et pour moi) au grand n'importe quoi. Vous testez donc sans vergogne sur toutes les portes (oui : toutes, même celles des étages supérieurs, je vous avais prévenus qu'il faudrait parfois faire un peu de sport), successivement, les objets de votre inventaire qui vous paraissent, par ordre décroissant, les moins grotesques. Cet ordre est très subjectif. Si ce n'était pas moi qui avais conçu ce jeu, et si j'étais coincée avec vous, je finirais par le numéro de *Elle*, mais je ne porte aucun jugement sur les choix d'autrui : d'aucuns pourraient considérer qu'un numéro de

Elle a plus de chances d'ouvrir une porte qu'un déguisement de babouin. Chacun est libre.

En l'occurrence, rien ne marche.

Vous avez quelquefois la possibilité de combiner entre eux plusieurs éléments de votre inventaire : en les faisant glisser l'un sur l'autre d'un coup de souris. Commencez par les combinaisons les plus logiques : les bottes et le paillasson, l'aspirateur et la rallonge, l'aspirateur et le petit voilier poussiéreux, ou, pourquoi pas, le numéro de *Elle* et le costume de babouin (on reste dans l'univers du vêtement). Mais ils résistent tous obstinément à vos sollicitations et vous défient, bien rangés, séparément, l'un au-dessous de l'autre, dans la colonne correspondant à votre inventaire, à gauche de votre écran. Dépités, vous tentez d'autres mariages : la rallonge et la cloche, le babouin et le voilier, le *Elle* et le paillasson. Il arrive que la créativité la plus débridée soit récompensée. Mais, quel qu'ait été au juste votre espoir en associant le parasol à la cloche, il est déçu, lui aussi. Cela ne signifie pas qu'une hybridation saugrenue ne finira pas par donner des résultats, plus tard dans le jeu. Restez poètes.

En attendant, vous êtes un peu fatigués, un peu découragés. Il est temps de vous asseoir sur le banc, le long du mur de droite, et de réfléchir. En face de vous, accroché au lambris, à peu près à la hauteur où l'escalier prend son virage, il y a le premier tableau que vous avez observé, la presque parfaite mise en abyme. Le même escalier, le même radiateur, la même petite étagère. Vous avez déjà eu l'occasion de noter les divergences de détail entre le dessin de jadis et le décor actuel. En rangeant dans votre inventaire le paillasson du bas de l'escalier, et la maquette du voilier qui trônait sur l'étagère, vous avez, sans y prendre garde, commencé à reconstituer plus fidèlement l'espace représenté, tel qu'il était à l'époque. Vous êtes à deux doigts de compléter la ressemblance. Vous verrez plus tard comment vous débarrasser du coffre au trésor. Posez d'abord la cloche sur l'étagère (elle accepte volontiers cette destination, ce qui n'est pas toujours le cas lorsqu'on veut replacer dans une pièce un objet de l'inventaire qui a été collecté ailleurs). Restent, bien sûr, les bottes en caoutchouc jaune, que vous faites glisser sur le coffre (c'est à peu près l'endroit où elles se trouvent, dans le dessin) : non seulement elles obtempèrent, mais le coffre lui-même disparaît pour leur céder la place.

Autour de vous, le décor a insensiblement changé. Il y a toujours autant de vieux cirés accrochés au portemanteau et de baskets usées sous le banc, mais ce ne sont pas forcément les mêmes. Au lieu de l'armoire à linge, se trouve une bibliothèque vitrée. Contre le lambris de droite, pas de baromètre ni de tableau, mais une horloge de parquet anglaise d'environ deux mètres de haut dont les aiguilles et le balancier sont arrêtés. La bibliothèque vitrée et l'horloge appartenaient à ma mère, qui ne les avait pas encore reprises : l'univers dessiné où vous avez réussi à vous transporter date donc d'avant 1987, l'année où elle les a récupérées pour meubler sa maison de campagne.

Vous n'avez même pas besoin de cliquer sur la mystérieuse double porte à laquelle on accède, dangereusement, en montant l'escalier. De là où vous êtes assis, vous voyez que les deux battants se sont entrouverts, révélant non pas une, mais deux minuscules pièces côte à côte.

Ce sont les W.-C. C'étaient, jusqu'à la fin des années 1980, les seuls de la maison, installés là après sa construction au prix d'une acrobatie architecturale audacieuse, et forçant ses occupants à une intimité, ou du moins à une promiscuité, originale. On n'était pas spécialement pudique, dans ma famille. Mes parents, bien que présoixante-huitards, n'avaient pas de problème avec la nudité, en privé. Leur salle de bains, à Paris, était rarement fermée à clef et j'y passais couramment mes dimanches matin, enfant, assistant à leurs ablutions, à lire, assise par terre près de la fenêtre où s'amoncelaient les magazines, à côté des toilettes. La première photo que j'ai prise moi-même, avec le premier appareil qu'on m'ait offert (je devais avoir huit ans) représente mon père, dans sa baignoire, les cheveux blanchis par la mousse du shampoing. J'ignore comment les précédents occupants de la maison s'en accommodaient (je ne parle pas des tout premiers qui, avant cet aménagement ingénieux, se servaient sans doute de pots de chambre, j'avoue que j'ai du mal à imaginer leur mode de vie, sur ce point en tout cas), mais, pour nous, ce n'était pas un problème. Nous avons souvent caressé l'idée de pratiquer entre les deux W.-C. une ouverture, une imposte, comme dans un confessionnal, mais, même en l'état, nous n'hésitions pas à y poursuivre de longues conversations avec nos voisins. Ils servent encore, bien sûr, même si aujourd'hui la maison en compte trois de plus. Comme je l'expliquais récemment à un peintre en bâtiment consulté sur leur réfection (ils sont dans un état de délabrement avancé), et qui me suggérait, très raisonnablement, d'abattre la cloison et de les transformer en « toilettes pour les invités », avec lavabo et tout, nous y restons attachés. C'est une curiosité. Ils contribuent à l'identité de la maison. « Alors, si c'est sentimental... » a aussitôt concédé le peintre en bâtiment. Certains résidents y ont leur rituel :

préfèrent prendre celui de gauche le matin, parce que sa fenêtre donne à l'est, et celui de droite le soir, au soleil couchant.

Vous pouvez monter les regarder de plus près. En dehors des accessoires que vous vous attendiez à y trouver (et qui ne souhaitent pas du tout venir dans votre inventaire), vous constatez la présence de nombreux journaux et magazines, empilés au sol, dans chacun. Eux non plus ne se laissent pas capturer, mais ils vous éclairent sur les pratiques de l'époque : lieux à vocation communautaire, ces W.-C. faisaient office aussi de cabinets de lecture. Quotidiens, hebdomadaires, mensuels y étaient très vite mis à la disposition de tous, et gare à qui se serait permis d'emporter ailleurs dans la maison l'avant-dernier numéro du *Monde* ou de *Marie-Claire*.

Si vous voulez, je vous laisse faire un tour dans les étages, pour vérifier que votre voyage dans le passé n'a pas ouvert d'autre porte. Ce n'est pas le cas. Dans l'entrée elle-même, vos efforts s'avèrent plus fructueux : la bibliothèque vitrée contient, dans sa partie haute, des beaux livres, portant le plus souvent sur la voile, cadeaux d'invités de passage. En dessous, un grand tiroir rempli de petit matériel de bricolage (tournevis, marteau) et, encore en dessous, un placard contenant des stocks d'ampoules électriques de rechange et d'outils plus sérieux (un sécateur, une petite scie, des gants de jardinage).

Vous récupérez le marteau et le tournevis que vous rangez dans votre inventaire.

Dans les années 1980, j'avais encore l'âge où l'on est curieux de son avenir. Comme dans la chanson (peut-être que, si vous activiez la fonction « musique d'ambiance » du jeu, est-ce celle-ci que vous entendriez ?) : « *Que Sera, Sera / Whatever will be, will be / The future's not ours to see / Que Sera, Sera / What will be, will be* », réponse de la mère à sa petite fille qui lui demande si elle sera jolie, ou riche, puis de son premier amoureux à la petite fille devenue grande, qui lui demande s'ils s'aimeront toujours. Et qui, mère à son tour, fait la même réponse, profondément insatisfaisante, à ses enfants. J'ai grandi, j'ai vieilli, et je ne souhaite plus du tout connaître le futur, le mien en tout cas. Mais je m'amuse quelquefois à m'adresser à celle que j'étais, et à lui raconter la vie qu'elle aura – à haute voix généralement. Je le faisais du moins tant que ce récit me semblait plaisant. Cela m'arrive de plus en plus rarement. Les mauvaises surprises sont trop nombreuses et ne gagnent rien à être connues à l'avance. Et si c'est pour les omettre, autant écrire des romans.

Maintenant que vous savez vous transporter du présent à ces années 1980, vous pouvez essayer (en remettant à leur place paillasson, voilier, cloche et coffre au trésor – c'est-à-dire en remettant d'abord dans votre inventaire les bottes) de revenir au présent pour voir si votre expérience a provoqué un changement. L'entrée reprend son aspect initial, et il n'y a plus de magazines empilés dans les W.-C. (qui ont largement perdu de leur fonction communautaire, depuis qu'il y en a trois de plus dans la maison). Mais aucune nouvelle porte ne s'ouvre pour autant – même si vous vous servez du marteau ou du tournevis que vous avez récupérés dans le passé, dans le tiroir de la bibliothèque vitrée. Il va vous falloir trouver un autre moyen d'agir.

Je sais que j'ai vanté l'obstination des poètes, mais je ne suis pas sûre que vous gagneriez à tenter de nouveau d'associer le costume de babouin, cette fois avec un tournevis ou un marteau. Servez-vous plutôt de votre cerveau.

Les plus vifs auront sans doute déjà deviné l'usage qu'ils peuvent faire, désormais, du numéro de *Elle* daté d'août 2017 : une jeune fille des années 1980 n'aurait-elle pas tourné avec une impatience avide les pages d'un magazine venu de son futur? Comment elle s'habillerait (pages mode)? Se coifferait (rubrique beauté)? Que lui dirait son horoscope ? Telles étaient les questions qui la passionnaient. Alors une source d'information aussi fiable n'a-t-elle pas toutes les chances, si vous modifiez une fois de plus la position du paillasson, de la cloche et des bottes, et allez déposer ce magazine dans les W.-C. des années 1980, de déclencher quelque chose, de vous faire progresser dans le jeu ?

Aucune fonction, aucun raccourci clavier ne vous permet de le feuilleter. Mais, croyez-moi sur parole (même si vous arriviez à l'ouvrir, il vous faudrait aussi zoomer, et même alors, je ne suis pas sûre que vous la repéreriez), il se trouve que dans ce numéro d'août 2017 est publiée une photographie où l'on aperçoit la couverture d'un des romans, tout juste paru, de cette jeune fille curieuse de son avenir (écrire des romans n'était pas encore, à l'époque, une ambition qu'elle (s')avouait facilement, mais elle y tenait autant qu'elle la gardait secrète), et elle connaissait déjà, dans ces années 1980, l'homme qu'elle allait épouser, dont elle prendrait le nom pour signer ses livres, et dont elle avait presque cessé d'espérer le retour. Vous ne pouviez pas mieux tomber.

Déposez le magazine dans les W.-C. des années 1980 et revenez dans le présent. Ça devrait marcher.

La salle à manger

L'autre double porte – juste en face du départ de l'escalier – s'est entrouverte. Contrairement à la double porte des W.-C., elle ne donne que sur une pièce. Le battant de gauche n'a pas bougé, mais vous repoussez facilement celui de droite en cliquant dessus. C'est celui-là qui prend – l'été, lorsque le soleil, avant de se coucher, descend longuement sur les îles Chausey – des reflets d'incendie. La pièce occupe toute la largeur de la maison et le battant de droite (lorsqu'on le laisse ouvert – rare dérogation à la vigilance qui règne d'habitude sur ce point et commande aussi de laisser celui de gauche fermé – ces soirs d'été où les courants d'air et les coups de vent sont presque exclus) auréole de rouge feu tous les occupants de la maison, pressés de se réunir pour partager ces dernières et spectaculaires minutes de lumière, et qui s'encadrent tour à tour dans cette porte comme devant un rideau de théâtre, et dont je revois tous les visages, à tous les âges.

Vous-mêmes ne distinguez d'abord pas grand-chose en entrant, mais pas parce que le soleil vous éblouit. La pièce est plongée dans l'obscurité. À votre droite, une fenêtre donne sur le jardin, mais ses volets sont fermés – comme à l'autre bout, à l'ouest, côté mer, ceux de la porte-fenêtre.

On a rarement l'occasion d'observer ce décor ainsi assombri. Il faut pour cela être les premiers à entrer dans la maison ou les derniers à la quitter, au début ou à la fin de grandes ou de petites vacances. C'est une expérience réservée aux résidents les plus permanents, chargés d'ouvrir ou de fermer la maison. Et cette pièce est celle qu'ils regardent vraiment en premier, lorsqu'ils arrivent, et en dernier, lorsqu'ils repartent (l'entrée ne compte pas, dans ces moments-là, elle n'est qu'un enchevêtrement de valises, de sacs, de paquets, de pardessus, enjambé par des voyageurs stressés ; les W.-C. de l'escalier, à la limite, comptent davantage).

À l'arrivée, dans cette pénombre, ne luisent faiblement que quelques traces de moisissure sur les meubles et, si vous avez de la chance, de très fins rayons de lumière filtrent entre les volets opaques, en bois plein (ce n'est pas du soleil qu'ils ont pour mission de protéger, à Saint-Pair, mais de la Manche). Le plancher en chêne brut est hérissé d'échardes, grisâtre, de la couleur du sable incrusté dans ses rainures, et taché comme la tenture de l'entrée. Sous vos pas, il déclenche dans la pièce une vibration mystérieuse et sonore. Si la mer est haute, on en devine maintenant le clapotis ou le mugissement, selon la force du vent. On oublie quelques secondes l'ampleur des tâches qui restent à accomplir pour ouvrir la maison, sans parler du redémarrage de la voiture qui rouille le reste de l'année dans le garage, et du ravitaillement, défis qui seront constamment interrompus par la sonnerie du téléphone précisant l'heure ou le jour des prochains arrivages. La plupart des gens s'arrangent pour éviter de prendre part à l'ouverture (ou à la fermeture) de la maison et je les comprends. J'ai appris à aimer le faire seule.

Avant de repartir, le dernier regard sur cette pièce est à la fois plus pragmatique, focalisé sur les objets qu'on aurait pu y oublier, et distrait par tous les autres détails techniques relatifs à la fermeture de la maison en général qu'on aurait pu négliger. À peine note-t-on au passage le reflet du soleil (s'il a réussi à s'y glisser juste à ce moment-là) sur le verre d'un tableau, ou un élément de mobilier dont le cuivre aurait miraculeusement été astiqué depuis moins de quinze ans.

On aurait tort de croire que l'arrivée est toujours un moment heureux, et le départ douloureux. J'ai souvent rouvert cette maison comme une blessure, depuis la mort de mon père, depuis celle de mon grand demi-frère. J'éprouve de plus en plus, depuis ces morts surtout, un sentiment de découragement, en pénétrant pour la première fois dans cette pièce, d'à-quoi-bon.

L'appréhension mêlée du trop familier et de l'inconnu, la peur vague de la routine comme de l'imprévu. De l'été, trop long ou trop court. De la Toussaint, période transitoire et contrastée : bains de mer encore possibles, dernière après-midi prolongée sur un transat la veille du changement d'heure et puis, d'un coup, Halloween, les déguisements sortis du coffre au trésor, trop grands pour les enfants qui partent faire le tour du village désert dans la nuit noire, se prennent les pieds dans la queue de Tigrou ou les fesses roses du babouin, en quête de bonbons – les bocages rougeoyants de l'arrière-pays, les feux de cheminée. Pas de Halloween dans mon enfance, et peu de séjours dans la maison à la Toussaint, du temps de la vieille chaudière au fuel. Je ne m'en rappelle qu'un seul. J'étais à peine adolescente, mes parents venaient de divorcer, et mon père s'était résolu à nous y emmener – parce qu'il n'y avait pas de garde alternée, à l'époque, que les vacances scolaires étaient ses seules occasions de passer du temps avec ses enfants, et que, même avec le prix du fuel, c'était la solution la plus simple et la moins chère. On avait dû se servir pour dormir des couvertures d'appoint décorées de points cardinaux, et même de bouillottes à l'ancienne, en caoutchouc gris-bleu, plus gris que bleu, dont, au réveil, on repoussait du pied avec dégoût le contact mou et glacé, oubliant la gratitude audacieuse avec laquelle on les avait enlacées la veille au soir, déjà flasques mais brûlantes. On avait campé là comme à bord du bateau. Mon père nous faisait des omelettes et nous emmenait l'après-midi visiter des abbayes nichées dans la campagne, cernées de petites forêts – toujours la même cassette, des concertos de Mozart, dans l'autoradio de la voiture, à jamais associés aux couleurs de cet automne-là. La Toussaint d'autrefois.

Maintenant, du 21 octobre au 25 novembre, c'est le mois des anniversaires. Pas seulement des naissances – que trois de mes enfants et les deux filles de ma sœur fêtent régulièrement dans la maison (photos au flash, enregistrées dans les smartphones et jamais regardées, de gâteaux de plus en plus flamboyants posés sur la table scandinave, sous les clignotements des guirlandes électriques). Mon grand demi-frère est né dans cette période, et aussi son premier enfant, un garçon qui n'a vécu que quelques jours, en 2004. Le visage de notre père, lorsqu'il s'est réfugié chez moi à Paris après avoir vu son fils aîné perdre à son tour, presque trente-cinq ans après lui, un nourrisson, réveillant chez moi des images jamais mémorisées (j'avais dix-huit mois lorsque mon petit frère est mort, probablement d'une chute), était plus cadavérique que celui qu'il offrait après sa mort, en novembre aussi, le jour anniversaire de la naissance de son fils aîné, mon grand demi-frère mort lui-même une nuit de novembre onze ans plus tard.

On y passe plus souvent les vacances de Noël, aujourd'hui que la maison est mieux chauffée. Et l'imminence des « fêtes » amplifie (lorsqu'on ouvre la maison et pénètre dans la pièce obscure aux lueurs de moisissure, où le solstice d'hiver a chassé tout espoir de voir entrer le soleil) cette angoisse des recommencements.

Inversement, la fermeture de la maison peut être joyeuse. Mon père, levé avant l'aube, ennemi de toute précipitation lorsqu'il s'agissait de défendre un bâtiment, nautique ou terrestre, contre les tempêtes, avait procédé méticuleusement à l'arrimage des volets bien avant notre réveil et nous prenions notre dernier repas (le petit déjeuner ou le déjeuner) dans cette pénombre. Mon père était souvent gai, je crois, ces jours-là. Peut-être était-il en partie soulagé que les vacances aient pris fin sans incident, et de nous rendre à nos mères, en partie impatient de retrouver à Paris telle ou telle amoureuse. Chaque fois, dans la salle à manger aux volets clos, il évoquait le même souvenir de théâtre : la dernière scène de *La Cerisaie*, le vieux domestique resté seul sur scène, la maison désertée, le bruit des cerisiers, dehors, qu'on abat. Je suppose qu'il avait en tête la mise en scène de Jean-Louis Barrault, reprise à l'Odéon en 1960, l'année même où il est devenu critique dramatique. Mais il l'évoquait gaiement. Parce qu'il était encore jeune et, même si déjà obsédé par la mort, conscient que, contrairement à celle de *La Cerisaie*, la maison n'était pas désertée pour toujours. Il m'est arrivé une fois, depuis sa mort, de prolonger les adieux dans cette pièce aux volets clos d'avance, et c'est aussi un souvenir gai : une amie, nouvellement initiée aux joies du mah-jong, réclamait encore et encore une dernière partie, jouée finalement à la lumière électrique (il faisait grand beau, dehors) pour ne pas risquer de manquer le train.

Vous, vous arrivez et ne connaissez pas encore les lieux. Tout ce que vous voyez, c'est un décor enténébré. Vous cherchez un interrupteur, en trouvez un à gauche de la porte que vous venez de franchir, et allumez d'un coup les deux suspensions, deux grosses lanternes chinoises en papier blanc. Le battant de pitchpin ne s'est pas embrasé, mais vous comprenez maintenant pourquoi cet incendie constitue toujours un événement, dans cette nouvelle pièce, où toutes les autres boiseries sont, elles, peintes en blanc : les encadrements de la fenêtre, à l'est, côté jardin, de la porte-fenêtre, côté mer, des deux larges portes latérales, aux carreaux vitrés, guère mieux entretenus que ceux de la porte d'entrée, à travers lesquels vous essaierez d'apercevoir les pièces adjacentes (mais pas tout de suite), la double porte pleine qui vous fait face, et, entre ces nombreuses ouvertures, les lambris d'appui qui couvrent le tiers inférieur des murs : tout est blanc. Le reste des murs est tendu d'un papier peint treillissé, vert amande à l'origine, plutôt gris-vert aujourd'hui. Rien de tout cela ne brille au soleil. D'où l'importance du battant de pitchpin.

En plus des deux lanternes chinoises, sont suspendues, au plafond, de très longues guirlandes qui s'entrecroisent au-dessus de la pièce. Elles ne se sont pas allumées lorsque vous avez cliqué sur l'interrupteur, en entrant, mais plusieurs fils noirs, terminés par de petits boîtiers, descendent le long des murs jusqu'à des prises électriques. Il suffit de les brancher pour que leurs centaines de pistils blancs, clignotants ou fixes, réussissent parfois, selon l'humeur, à donner l'illusion que, ce soir, c'est fête.

Les guirlandes n'ont pas toujours été là. C'est mon grand demi-frère, avec la méticulosité de marin qu'il avait héritée de notre père, qui les a solidement fixées aux poutres et aux solives peintes en blanc, à l'occasion de son mariage, au printemps 2010. L'été suivant, tous ceux qui étaient consultés à leur sujet ont voté pour qu'on les laisse en place. Elles sont restées. Elles se sont affaissées, pas seulement sous le poids de la poussière et des toiles d'araignée. À force, peut-être, de les brancher et débrancher, a-t-on fini par tirer trop souvent sur les fils. Les plus gigantesques de nos cousins doivent baisser un peu la tête pour ne pas se prendre les cheveux dedans. Je ne sais pas ce qu'elles vont devenir, maintenant que mon frère est mort, qui prendrait la décision de les décrocher, qui saurait au contraire les fixer de nouveau, avec le même perfectionnisme.

Vous êtes dans la salle à manger. Pas besoin d'être très perspicace pour le deviner, les indices sont évidents : dans la partie ouest de la pièce, côté mer, une table rectangulaire, moderne (moderne en tout cas dans les années 1970, lorsque ma mère a choisi ce modèle scandinave, au design dit « organique »), en bois clair, au plateau couvert de linoléum noir (impossible à nettoyer correctement, c'est là que luit le mieux la moisissure, dans l'obscurité), et un nombre variable de chaises bistrot en bois noir disposées autour de la table ou appuyées aux lambris, en fonction du nombre de convives attendus.

Contre le mur qui vous fait face lorsque vous entrez (appelons-le le mur nord), un large buffet bas, ancien, plutôt rustique (je dirais qu'il est en merisier mais, en dehors du pitchpin, je ne sais pas bien identifier les différents types de bois), sur lequel traînent, toujours selon le nombre d'occupants, toutes sortes d'objets (en plus des dessous-de-plat ou verres vides oubliés là à la fin du repas) qui n'ont rien à voir avec la nourriture : clefs de voiture, smartphones en train de se recharger, bons de réduction pour tel ou tel magasin de la zone commerciale de Granville, coquillages ramassés sur la plage, etc. Un seul accepte de rejoindre votre inventaire : c'est un fascicule qui donne les horaires et les coefficients des marées à Granville en 2017. Vous pouvez même en tourner les pages et, en zoomant dessus, savoir quand et à quelle hauteur la mer a prévu de se montrer.

Vous parvenez à ouvrir ses tiroirs pleins de couverts et ses placards pleins de vaisselle également dépareillés. Ils refusent d'être pris, mais vous comprenez maintenant l'origine du bruit déclenché par vos pas sur le plancher de la salle à manger : ce sont les piles d'assiettes contenues dans le buffet qui, chaque fois ébranlées, vibrent légèrement à votre rythme.

La salle à manger abrite, certes, des gueuletons d'anthologie, mais elle est loin de ne servir qu'à cela, et si ces premiers indices sont fiables, vous notez aussi la présence d'autres meubles qui en révèlent d'autres usages. Sur votre droite, dans la partie qui donne sur le jardin, trône par exemple, presque plus encombrant que la table scandinave, un vieux baby-foot de bistrot. Derrière le battant que vous avez repoussé et qui prendra, si vous parvenez à ouvrir les volets, et si vous avez la chance d'y parvenir à l'heure où le soleil se couche, une teinte cramoisie, le long du mur, il y a un vieux piano droit. On joue beaucoup, dans cette maison, un peu partout, vous verrez. Ici, c'est au baby-foot ou de la musique (on dispute aussi de longues parties de *Monopoly* ou de cartes, sur la table scandinave, entre les repas, les jours de pluie).

Autres meubles pas indispensables dans une salle à manger : les deux gros fauteuils en skaï vert troué, de part et d'autre de la porte-fenêtre, au bout, côté mer. Le matin surtout, lorsqu'à tour de rôle les occupants de la maison descendent prendre leur petit déjeuner (processus qui s'étend couramment sur plusieurs heures, chacun ayant ses habitudes, ses activités nocturnes personnelles), les premiers levés, longtemps après avoir fini leurs tartines, s'y installent avec un reste de café et un journal du jour, et écoutent distraitement les récits qui s'échangent autour de la table (rêves, quantités d'alcool absorbées dans la nuit, gains, plus souvent pertes, mais toujours modestes, au casino de Saint-Pair). Le matin, la pièce s'anime comme le décor d'un vaudeville où se succèdent sans arrêt entrées et sorties, la porte que vous venez de franchir livrant passage tantôt à un joggeur, tantôt à un baigneur, tantôt à un acheteur compulsif de journaux et/ou de viennoiseries. Mais on n'y joue pas, le matin. Baby-foot et piano restent silencieux, manettes de l'un ou touches de l'autre parfois (mais pas souvent, le ciel du matin est couvert, en général) effleurés seulement d'un rayon de soleil entrant par la fenêtre à l'est.

Poursuivez votre inspection. Sur le vert amande des murs se détachent quelques aquarelles du XIXe siècle représentant de vieux trois-mâts. Des bateaux militaires, vaisseaux et frégates armés de dizaines de canons. Les vaisseaux (le *Valmy*, la *Bretagne*) portent des noms plus virils que les frégates (la *Pomone*, *Didon*). Le cinquième, une « gabarre » transformée en « corvette » (tous ces termes, « vaisseau », « frégate », « gabarre » ou « corvette », et le nombre de canons dont ils sont équipés sont précisés, comme leur nom, par une légende que vous n'avez qu'à zoomer pour lire, peut-être ces précisions vous éclaireront-elles davantage que moi) a échappé à son destin martial : ex-« gabarre », donc, la *Coquille*, d'abord reclassée en « corvette », est devenue un navire d'exploration avec lequel Dumont d'Urville a parcouru l'océan Pacifique à la recherche, entre autres, du lieu et des circonstances exactes de la disparition de La Pérouse à bord de l'*Astrolabe*, quarante ans plus tôt. Avant même de partir pour cette expédition, la *Coquille* a été rebaptisée l'*Astrolabe* comme l'objet, naufragé, de sa mission. Je ne suis pas spécialement superstitieuse, mais je trouve étrange de braver ainsi le sort. Je pense au *Titanic*, et à James Cameron qui, au fond, a fait pareil, et je me dis qu'après tout, ils ont eu raison.

Je me demande si mon père et mon frère, tous deux navigateurs aguerris, regardaient parfois ces aquarelles, plus que je ne l'ai jamais fait, et si elles leur rappelaient des rêves d'enfant. J'ai grandi dans cette maison à leurs côtés sans qu'ils m'en parlent jamais et je doute qu'ils en aient beaucoup parlé entre eux, mais je n'en sais rien. Ils en auraient eu le temps et l'envie, peut-être, s'ils avaient pu réaliser l'un de ces rêves ensemble, la traversée de l'Atlantique, projetée à deux et qu'ils ont fini par faire, séparément, à quelques années d'intervalle. Je ne crois pas qu'ils aient regretté vraiment d'avoir été empêchés (leur coéquipier les avait plantés à la dernière minute) de partager cette expérience dont ils soulignaient, l'un comme l'autre, dans les rares récits qu'ils m'en ont faits, combien elle pouvait affecter l'humeur, et donc la vie en commun. En gros : « Évitez de traverser l'Atlantique avec des gens dont vous êtes trop proches à terre si vous ne voulez pas vous brouiller avec eux », telle est la seule leçon que j'ai retenue de leurs aventures. Je ne risque pas d'avoir jamais à l'appliquer (j'adore qu'on me transporte, jusqu'aux îles Chausey, sur un bateau à voile, mais je n'ai jamais bien compris par quel miracle le bateau avançait).

Tous ces détails (identité, nombre de canons) sont suggestifs (davantage que les aquarelles elles-mêmes, verdâtres et délavées) mais ils ne vous aident pas spécialement à progresser dans le jeu. C'est-à-dire à ouvrir une autre porte – et vous avez, cette fois encore, l'embarras du choix. Toutes sont fermées : la double porte en bois plein blanche, en face de vous, mais aussi les portes vitrées latérales, dans la partie ouest, et la porte-fenêtre qui donne sur la mer.

Vous pouvez maintenant vous approcher des portes vitrées et tenter de voir à travers leurs carreaux poussiéreux quelles pièces elles desservent. Celle qui donne sur la partie sud est malheureusement obstruée, de l'intérieur, par une paire de rideaux en toile rayée verte et blanche, hermétiquement joints. En face, côté nord, pas de rideaux, mais la pièce est plongée dans l'obscurité. Tous les volets sont clos. C'est le salon, pas de doute, même si vous n'en distinguez pas nettement les meubles.

Il arrive ici qu'on ferme les volets en plein été (et pas seulement au moment de quitter la maison, à la fin des vacances). Dans la salle à manger, à l'heure où les plus jeunes enfants dînent, tandis que les parents commencent à peine l'apéro, pour leur épargner la lumière encore violente du soleil dans l'œil, qui risquerait de les distraire de leur assiette de nuggets-spaghettis. Dans le salon, on les ferme pour pouvoir regarder la télé, dont vous apercevez l'écran dans l'obscurité (« on » : les mêmes enfants installés là plus tard devant un dessin animé, pour laisser aux parents le temps de prendre l'apéro tranquillement, ou quelque occupant de la maison accro au journal télévisé ou à une compétition sportive estivale). Le soleil et les enfants se couchent très tard, l'été.

Vous n'avez pas encore vraiment fini d'explorer la salle à manger. Sur le mur sud, entre la porte qui mène à l'entrée et la porte vitrée obstruée de rideaux, il y a un drôle de haut meuble à trois étagères, qui est en fait une ancienne grille de boulanger. En même temps que le design organique scandinave, on aimait déjà bien, dans les années 1970, recycler les meubles dits « de métier » et celui-là est joli, avec ses ferronneries torsadées et ses ornements de cuivre. Au lieu de baguettes de pain, on dépose, sur l'étagère du bas, des jeux d'extérieur (mallette à boules de pétanque ou croquet quand j'étais petite, aujourd'hui un Mölkky, variante récente, elle-même scandinave, du jeu de quilles). Sur l'étagère du milieu sont placés deux grands cache-pots de faïence blanche. Pour l'instant, vous ne voyez pas bien à quoi ils peuvent servir, mais je vous assure qu'ils ne sont pas purement décoratifs. Sur la plus haute, deux pots plus petits contiennent d'étranges boules noires, vestiges sans doute d'un autre jeu d'extérieur à la popularité éphémère, dont je n'ai aucun souvenir.

Enfin, à droite de la double porte en bois plein qui fait face à celle de l'entrée, derrière le baby-foot, une desserte du même bois clair couvert de linoléum noir que la table de salle à manger croule sous un plateau de fruits plus ou moins avariés, les bouteilles d'alcool et les cendriers mal nettoyés ou pleins. Si j'étais vous, et si j'ignorais encore où mène cette dernière porte, je parierais sur la cuisine. Mais elle ne s'ouvre pas plus que les autres.

Vous êtes coincés. Aucun des objets hétéroclites entassés sur le buffet, aucun jeu d'extérieur, aucun cache-pot de faïence n'est disposé à se laisser attirer dans votre inventaire. Vous branchez avec succès les guirlandes électriques, mais cela ne donne rien, sinon un air de fête triste à la pièce aux volets clos. En revanche, si vous cliquez sur les manettes du baby-foot, elles commandent bien les mouvements des petits joueurs. Le bouton-poussoir fonctionne aussi, qui déclenche l'arrivée des balles de liège dans la glissière. Je ne sais pas si c'est une bonne nouvelle, mais vous pouvez apparemment jouer au baby-foot, à supposer que vous sachiez, ce qui n'est pas mon cas. En l'absence d'adversaire, vous n'avez aucun mal à marquer un but (même moi j'y arriverais). Vous prenez d'abord les joueurs bleus, évidemment. La balle roule paisiblement – vous lui avez libéré le passage et personne n'est là pour le lui bloquer –, traverse le terrain jusqu'à la petite fosse et y tombe en rebondissant avec un bruit aussi modeste que votre triomphe.

Selon le nombre et la personnalité des joueurs, j'ai connu des parties plus ou moins retentissantes, à l'heure où les repas se préparent ou s'achèvent (le baby-foot fournit un excellent alibi lorsqu'il s'agit de mettre le couvert et/ou de desservir). À certains duels, mutiques et prolongés, opposant mon deuxième fils et mon grand demi-frère, ne manquait que la musique d'Ennio Morricone. Mais le but que vous avez marqué (et que vous comptez scrupuleusement en actionnant le petit boulier bleu, à l'une des extrémités, encadré de cendriers creusés dans le métal) ne semble avoir rien modifié du décor qui vous entoure. Pendant que vous y êtes, essayez avec les rouges. Même succès facile et vain.

Reste le piano : son couvercle est relevé et, oui, les touches s'enfoncent lorsque vous cliquez dessus. Elles ne produisent pas toutes de son : un vieux piano, dans une villa de bord de mer, ne résiste pas à l'humidité, même si on l'accorde de temps en temps. De celui-là, un expert appelé en consultation nous a affirmé que seul un escroc pourrait s'engager à le réparer. Nous avons renoncé. Il faudra nous/vous contenter d'un nombre limité de notes. Il n'y a pas de partitions. Mon père autrefois, mon deuxième fils aujourd'hui, n'ont jamais joué qu'à l'oreille. S'il vous faut, pour ouvrir une nouvelle porte, deviner quelle mélodie (incomplète forcément : parole d'expert, certaines notes manqueront toujours) on attend de vous, au moins ne serez-vous pas obligés de connaître le solfège.

Avant de vous creuser plus avant les méninges, jetez encore un coup d'œil sur le reste de la pièce. Vous ne l'aviez pas remarqué, mais un des lambris d'appui, à l'ouest, celui qui couvre la cloison contiguë au salon, est de quelques centimètres plus bas que les autres et il a l'air plus neuf. Mais vous avez beau cliquer sur cet indice (parmi d'autres, que vous aurez plus tard l'occasion de découvrir) de la maladie qui a frappé la maison jadis, rien ne se passe.

Si c'est la première fois que vous jouez à un *escape game*, vous méritez que je vous aide un peu. Chaque fois que vous activez une fonction, au fil de votre progression, vous pouvez avoir provoqué un événement ailleurs, dans l'espace ou dans le temps, et il faut vous en assurer systématiquement. Récapitulons : depuis l'entrée, vous avez appris à voyager entre deux époques, les années 1980 et le présent, où vous êtes revenus après avoir offert le *Elle* d'août 2017 à la jeune fille autrefois curieuse de son avenir. Vous avez constaté que ce cadeau vous avait ouvert la porte de la salle à manger, où vous êtes bloqués. Et si, maintenant que vous avez ouvert cette salle à manger, vous retourniez dans les années 1980 pour voir à quoi elle ressemblait alors, et, surtout, si vos voyages temporels n'ont pas déverrouillé une autre porte ?

Le ping-pong

Vous connaissez la méthode par cœur : retourner dans l'entrée, enlever le mini-voilier, le remplacer par la cloche, déposer les bottes en caoutchouc jaune sur le coffre au trésor. Si vous commencez déjà à vous en lasser, sachez que, dans la plupart des jeux de ce type, on en trouve de bien plus fastidieuses.

En revenant dans la salle à manger des années 1980, vous la trouvez changée, en effet : ni piano, ni baby-foot (tous deux arrivés plus tard, contributions respectives de la mère de mon grand demi-frère et de son compagnon), ni guirlandes électriques, ni Mölkky. En ouvrant les placards ou les tiroirs du buffet, vous constatez que la vaisselle, disparue dans un cambriolage, était différente. Et le lambris, au fond, côté ouest, a retrouvé ses proportions d'origine. Mais le papier peint, d'un vert amande juste plus prononcé, les lanternes chinoises, la grille de boulanger, les aquarelles, le buffet, les table et desserte scandinaves, et, dans le tiroir de droite du buffet, la réserve à médicaments d'urgence (essentiellement du paracétamol et autres remèdes plus ou moins efficaces à la gueule de bois, quelques anti-diarrhéiques pour enfants périmés) étaient déjà là dans les années 1980.

La double porte vitrée, au sud, celle que masquaient, de l'intérieur, des rideaux de toile rayée, s'est ouverte. Et les rideaux ont disparu. Vous voyez maintenant, et pouvez entrer inspecter de plus près, une nouvelle pièce dont le contenu compense l'absence, à l'époque, dans la salle à manger, du baby-foot : c'est ici qu'on jouait, jusqu'au milieu des années 1980, mais au ping-pong. Côté mer, le bow-window vous rappelle l'hypothèse formulée dans l'entrée, devant le second dessin de l'ami artiste de mon grand demi-frère : il pourrait bien s'agir de la même maison.

Les murs de la salle de ping-pong sont nus. Elle est chauffée, mais plus mal encore que les autres pièces, peut-être à cause du bow-window qui laisse passer les courants d'air. Peut-être parce qu'on y allume à peine le radiateur : après tout, c'est une salle de sport et ses occupants sont censés s'échauffer en jouant. Ils ne le font pas tous : à chaque extrémité de la pièce, dans le bow-window, à l'ouest, et contre le mur est, qui doit être contigu à l'entrée (vous pourriez parier que la porte fermée, à votre gauche en venant de la salle à manger, dans l'ancienne salle de ping-pong, est, avec celle de la cave, la dernière que vous avez repérée dans l'entrée), de part et d'autre de la table de ping-pong, sont installées deux rangées de sièges récupérées dans une vieille salle de spectacle. Montés par quatre sur un support en fer rouillé, séparés par de minuscules accoudoirs, terminés par un strapontin, leur dossier est tendu de velours ras – rouge et frappé de motifs dorés pour l'une des rangées, dont lesdits dossiers sont encore surmontés, gravé sur un petit médaillon de cuivre ovale, de leur numéro, ce sont les places 153, 155, 157 et 159, ce qui vous confirme l'importance relative de la salle de spectacle où servait auparavant cette première rangée (déjà suggérée par la qualité du velours et la solidité des médaillons) – velours lisse pour les dossiers de la seconde rangée, jaune peut-être, à l'origine, devenu de ce beige couleur sable mouillé auquel tout finit tôt ou tard par virer dans la maison. Cette seconde rangée n'est pas numérotée. Elle doit provenir d'une salle plus modeste. Les assises en bois au vernis écaillé de tous les sièges sont rabattues mais, si vous cliquez dessus, elles pivotent parfaitement, révélant des fissures plus ou moins létales. C'est qu'il y avait souvent beaucoup de monde, dans cette salle de sport, et tous ceux qui s'y trouvaient ne s'échauffaient pas. Les spectateurs s'y massaient sur les sièges fragiles, assistant à un match, attendant leur tour (en profitant pour ignorer habilement les préparatifs du déjeuner ou du dîner, à côté, les bruits de couverts, ou de vaisselle) sous une lanterne chinoise en papier blanc identique aux suspensions de la salle à manger. Comme aujourd'hui autour du baby-foot, il y avait foule, aux heures des repas, dans la salle de ping-pong, les mêmes cris de triomphe ou de déception, le même nuage de fumée de cigarettes. Seul a changé le bruit spécifique des balles – le rebond creux et clinquant du celluloïd autrefois, aujourd'hui le roulement feutré du liège – et des objets qui les frappent – l'amorti caoutchouté des raquettes remplacé par le cliquetis des barres, parfois ponctué de coups sourds. Les scores des parties de ping-pong, énoncés à haute voix, permettaient à ceux qui se dévouaient, pendant ce temps-là, pour mettre ou desservir la table, à côté, de suivre le déroulement de la partie en cours, bien mieux que le cliquetis des bouliers du baby-foot, occasion de débats infinis sur le comptage des points, débats auxquels je ne comprends rien. J'en suis restée au ping-pong, auquel je me défendais correctement. À l'apogée de ma carrière, vers quatorze, quinze ans, il m'est arrivé de battre mon père (je ne crois pas qu'il me laissait gagner), mais jamais mon grand demi-frère. Après le dîner, ses copains le rejoignaient pour boire des coups et faire quelques balles avant de partir vers d'autres distractions mystérieuses qu'on n'arrivait jamais à lui faire raconter, le lendemain, lorsqu'il émergeait de sa grasse matinée, en milieu d'après-midi, mais dont je suppose qu'elles consistaient à boire d'autres verres et à fumer d'autres clopes dans telle ou telle autre maison de la côte. Mon frère et ses copains n'étaient pas très portés sur les boîtes de nuit, contrairement à moi quelques années plus tard. Après le dîner, donc, les gamines à peine adolescentes (ma petite sœur et moi, quelquefois une copine ou une cousine de notre âge) étaient exceptionnellement admises dans le cercle intimidant des jeunes gens, autorisées à se partager un strapontin et à retarder de quelques dizaines de minutes le moment de monter se coucher. Minutes de grâce toujours trop vite abrégées par le départ de la bande dont nous maudissions et convoitions secrètement les plaisirs imminents et exclusifs, eux.

Les volets du bow-window sont fermés, comme ceux de la salle à manger, mais ça n'a pas beaucoup d'importance. C'est une pièce d'où l'on ne regarde pas dehors. Tout juste y prend-on en compte l'inclinaison du soleil, certains soirs, qui handicape le joueur du fond. L'essentiel se passe sur la table, à la lumière de la lanterne chinoise. Ni les raquettes posées dessus, ni l'unique balle coincée sous l'une d'elles ne répondent à votre souris. Difficile de jouer au ping-pong tout seul. La porte dont vous supposez qu'elle donne sur l'entrée ne s'ouvre pas. Vous n'avez donc plus grand-chose à espérer de cette pièce. Notez à tout hasard les numéros des fauteuils, mais je ne vous garantis pas qu'ils vous seront d'une quelconque utilité.

Souvenez-vous que vous avez réussi à accéder à la salle de ping-pong en revenant à ces années 1980. Maintenant que la porte vitrée s'est ouverte, depuis la salle à manger, vous avez intérêt à voyager de nouveau vers le futur, pour savoir ce qu'elle est devenue, et ce que masquent désormais les rideaux de toile rayée.

La bibliothèque

La bibliothèque : le terme, pompeux, convoque soudain l'univers du *Cluedo*, le colonel Moutarde, le professeur Violet, des chandeliers ou des revolvers – *Cluedo* que pratiquent encore les enfants de la maison, entre autres jeux de société, sur une table basse en rotin, près du bow-window. La bibliothèque n'honore pas constamment sa fonction présumée. Certains parviennent à y travailler, mais seulement s'ils aiment le bruit (les jeunes sont mauvais joueurs et, quel que soit l'enjeu, hôtels rue de la Paix ou chiens trop bien pourvus en atouts, leurs réactions sont souvent violentes – moins au *Cluedo*).

C'est un livre (origine on ne peut plus appropriée) qui a métamorphosé la salle de ping-pong en bibliothèque.

Un roman de mon père s'était particulièrement bien vendu, en 1984, et ses gains l'avaient décidé à aménager la salle de ping-pong pour en faire son bureau. Je ne l'y ai jamais beaucoup vu travailler. Et pas à cause des rideaux, qu'il aurait fermés pour s'isoler de la vie de la maison, et qui l'auraient dissimulé à ma vue. Lorsqu'il y avait du monde, il préférait partager ou observer les activités collectives : pâtés de sable, parties de *Scrabble*, films diffusés à la télé l'été à destination d'un public familial. Et s'il avait vraiment un article à rendre (une nécrologie d'écrivain prête depuis longtemps mais qu'il fallait retoucher en urgence, les célébrités meurent souvent l'été), il se retranchait au second étage, dans une petite chambre mansardée où il avait simplement punaisé sur la porte (vous ne l'avez pas encore remarquée en visitant les étages, mais je vous le dis maintenant, ce n'est l'indice de rien de toute façon, et je ne suis pas sûre que vous aurez besoin d'ouvrir toutes les chambres pour venir à bout du jeu), une carte de visite comme en fournissaient à l'époque les attachés de presse des maisons d'édition, lorsqu'un écrivain devait dédicacer son dernier ouvrage à des dizaines de critiques, et où étaient imprimés ces mots :

Avec les vœux de l'auteur
absent de Paris

C'était parfois vrai, sans doute. Certains écrivains vivant loin de leur éditeur parisien ne faisaient pas le déplacement exprès (on les invitait moins, aussi, à assurer la promotion de leur livre à la radio ou à la télévision). Les voyages étaient plus longs, plus chers. La carte préremplie faisait gagner du temps et de l'argent à l'éditeur. Mais elle était utile aussi lorsque l'auteur, indéniablement présent à Paris, manquait d'inspiration ou gardait suffisamment rancune à un critique pour ne pas souhaiter lui dédicacer son nouveau livre.

Peut-être mon père (qui, le jour où j'écris ces lignes, aurait eu quatre-vingt-dix ans, s'il avait vécu, et aurait vu mourir son fils aîné) travaillait-il dans la bibliothèque, lorsqu'il venait seul dans la maison, mais je ne peux pas le savoir. Il en avait surtout profité pour y faire transporter des centaines de Folio (et désencombrer un peu son petit appartement parisien), aujourd'hui encore rangés par ordre alphabétique sur des rayonnages en bois blanc montés exprès sur toute la surface du mur sud (le plus exposé à l'humidité et au vent), ouvrages poussiéreux et moisis sélectionnés selon ce seul critère : avoir été publiés ou réédités en poche dans ces années-là. Les jours de pluie, les soirs d'hiver, les membres de la maisonnée allergiques aux jeux de société l'explorent et y découvrent inlassablement des noms d'écrivains au succès éphémère (ou inexistant : il suffisait peut-être de pas grand-chose, dans les années 1980, pour paraître en Folio). Au fil du temps, s'y sont ajoutés des polars laissés par des amis de passage, et je vous assure que vous aussi, qui que vous soyez, vous finiriez par y trouver votre bonheur à condition d'aimer les acrobaties : pour déchiffrer les titres qui occupent les mètres carrés supérieurs, de bons yeux ne suffisent pas, il faut grimper sur un meuble, et aucun ne s'y prête particulièrement, comme vous le découvrirez en appuyant sur l'interrupteur et en allumant le plafonnier – toujours la même grosse lanterne chinoise en papier blanc.

De part et d'autre de la table basse en rotin, près du bow-window, il y a un « salon » composé d'un canapé trois places et de deux fauteuils, qui proviennent tous de la maison de campagne de la mère de mon grand demi-frère. Ils sont gros, ils sont lourds, ils sont en velours, ils sont dans un état de déliquescence avancé, mais ils sont surtout ROUGES. La trame usée de leurs accoudoirs, les franges déchirées de leur revêtement et les motifs floraux frappés sur les coussins d'assise et les dossiers sont du même beige, autrefois doré, que beaucoup d'autres choses dans la maison, mais c'est leur masse écarlate qui domine, et rappelle, à ceux qui, comme vous, ont connu la pièce à l'époque où elle était affectée au ping-pong, les anciens sièges de théâtre défoncés en velours rouge, reliquats de salles de spectacle plus ou moins huppées.

Leurs qualités esthétiques ne font pas l'unanimité. En revanche, tout le monde s'accorde à les trouver confortables. Le canapé notamment, sur lequel personne à ce jour n'a réussi à s'étendre (pour y lire, par exemple) sans s'endormir aussitôt. Impossible de nier : le velours frappé des coussins laisse des empreintes accusatrices sur les joues (oui, les deux joues, lorsqu'on s'y retourne sans se réveiller) de ceux qui n'avaient pas prévu d'y faire la sieste. Comme les accoudoirs des fauteuils et du canapé sont larges, on peut s'entasser là jusqu'à huit ou neuf : parce que l'éclaircie de l'apéro donne à la bibliothèque une lumière plus satisfaisante encore qu'au salon, ou que les jeunes censés réviser leurs examens s'agrègent à un groupe de plus jeunes pour leur déconseiller l'acquisition de la gare Saint-Lazare. Un grand nombre de couples ont dû se former sur ce canapé, en fin de soirée – les rideaux prévus pour préserver la tranquillité des studieux ont sans doute surtout servi l'intimité des amoureux, mais je ne dispose pas de statistiques exactes.

Le cours de ma vie a changé plusieurs fois sur ce canapé rouge, et pas dans mon sommeil. Un soir de l'été 1990 où j'avais refusé de me joindre à un équipage parti pour Jersey (j'étais déjà fiancée à l'époque, et n'avais pas été retenue à terre par des projets liés à la discothèque de Hauteville-sur-Mer, mais par le seul désir d'avoir la maison pour moi toute seule, la première d'une longue série de nuits avec la maison pour moi toute seule, sans aucune crainte, connaissant par cœur les craquements de chaque boiserie, les grincements de chaque volet), ce soir d'août 1990 j'ai cherché pour occuper ma veille un livre dans la bibliothèque. Elle ne contient pas que des éditions de poche, et c'est peut-être parce que ce n'en était pas une (mais l'édition Stock, dans la collection « Cosmopolite »), ou parce que sa couverture rose attirait le regard, ou encore parce qu'au mépris de l'ordre alphabétique il s'était égaré sur un rayonnage bas, le plus proche du canapé rouge, que j'ai choisi de relire *Portrait de femme*, de Henry James, et décidé ainsi, sans le savoir, d'une grande partie de mon activité universitaire à venir, durablement occupée par les œuvres de James. C'est un long roman, dont le tour de force (aux yeux de l'auteur en tout cas) consiste précisément en une longue nuit de veille consacrée par l'héroïne à l'examen de sa vie. J'ai passé cette nuit-là à le relire et l'ai fini à l'aube, en haut, dans ma chambre.

À condition de pousser l'un des fauteuils rouges contre le mur sud, de se jucher sur un accoudoir, et d'être un adulte de très grande taille, on peut attraper les livres rangés tout en haut, dont les auteurs portent des noms commençant par « N » ou par « S ». En désespoir de cause (ou s'ils s'intéressent surtout aux écrivains dont l'initiale est proche du début de l'alphabet), certains vont jusqu'à monter sur le bureau, une grande table en bois disposée face au bow-window, dans la partie est de la pièce, celle dont la porte doit donner sur l'entrée. Mais vous n'avez pas ce problème : vous n'avez qu'à bouger votre souris et la flèche, balayant l'écran, vous révélera qu'aucun de ces livres, où qu'il soit rangé, n'est destiné à rejoindre votre inventaire. Pas plus que les quelques photos qui traînent là, appuyées aux livres, sélectionnées sans vraie préméditation par des visiteurs tombés par hasard sur un paquet de tirages écornés, vestiges d'un temps où on tirait les souvenirs sur papier, et tous conservés on ne sait pourquoi, y compris les photos si floues ou surexposées qu'elles n'ont pas été facturées par le fabricant (une étiquette en témoigne, collée dessus : « Non facturé »). Extraites d'un paquet et posées contre une rangée de livres sans qu'ils se doutent qu'elles y resteront jusqu'à ce que d'autres visiteurs leur en substituent de nouvelles.

Tous ont cependant leur favorite : prise par mon père je crois, c'est encore une photo de baignoire, mais cette fois ce sont les trois aînés de mes enfants (à l'âge où ils pouvaient tenir ensemble dans une baignoire, et où leur pudeur tolérait la mixité) qui fixent l'objectif, les cheveux plus ou moins mousseux de shampoing. Je dis ça, mais il n'est pas sûr qu'elle soit précisément exposée en ce moment et, de toute façon, aucune photo, aucun bibelot (il y a, au bord de certains rayonnages, quelques trophées, souvenirs de régates remportées, ou œuvres d'art composées, par des mains enfantines, de coquillages collés sur des galets) ne se laisse capturer. Le seul objet dont vous parvenez à vous emparer, c'est un étui à jumelles en cuir noir. Une fois rangé dans votre inventaire, vous constatez qu'il contient effectivement des jumelles, sérieuses, lourdes, un instrument d'adulte, de marin. Comme les volets du bow-window sont fermés, elles ne vous sont pas très utiles, dans l'immédiat.

À part le « salon » cramoisi, le bureau, et les sièges plus ou moins nombreux qui servent à s'y asseoir (il faut parfois se mettre à plusieurs pour résoudre un problème de maths – ou finir un puzzle), vous notez la présence d'un haut panier en jonc tressé verdâtre coiffé d'un couvercle en forme de chapeau chinois. Je ne vous conseille pas de grimper dessus pour chercher un bouquin, il est haut mais passablement avachi.

Je ne me rappelle pas où nous rangions nos jouets, enfants. Peut-être est-ce tout bêtement que nous n'en avions pas, ou peu, dans cette maison de vacances (ou alors étaient-ce des jouets de plage : seaux, pelles, tamis en plastique abandonnés en partant dans le jardin et où le sable mouillé macérait tout l'hiver sans jamais sécher). Ce haut panier verdâtre (lui aussi acheté dans un supermarché de décoration discount de la zone de Granville) sert beaucoup, depuis qu'on vient plus souvent dans la maison en dehors de la saison des jeux de plage, et que les fabricants de jouets ont convaincu les nouvelles générations de parents que les enfants ne pouvaient pas s'occuper sans l'aide d'un attirail abondant, bruyant et en plastique coloré. Rangé, donc, dans ce panier après usage. Si vous cliquez sur le couvercle en forme de chapeau chinois, il se soulève et vous entrevoyez un enchevêtrement de camions, de jambes de Barbie, de peluches et d'harmonicas. Aucun son ne sort du panier, mais ne vous étonnez pas si vous entendez soudain, en continuant votre exploration, de cette pièce où même d'une autre, très éloignée, hurler une sirène de pompier ou la chanson de *La Reine des neiges* : les piles ne sont pas toutes entièrement déchargées, et il y a parfois des revenants qui s'éveillent, au fond du panier.

Sur le plancher de chêne raboteux, quelqu'un, soucieux d'apporter à la bibliothèque une touche de confort supplémentaire, a disposé un carré de moquette kaki élimé qui couvre la moitié de la pièce, et a trouvé sa raison d'être lorsque certains membres de la maisonnée se sont mis à faire du sport : c'est là qu'ils installent leur tapis de gymnastique, en général, après leur jogging – les mêmes tapis de gymnastique que vous apercevez, enroulés ou repliés, derrière le canapé rouge, au fond du bow-window. L'un d'eux accepte de venir dans votre inventaire. Si vous êtes ennemis du sport, ne vous en inquiétez pas trop, il est rare qu'un élément de l'inventaire remplisse l'emploi auquel on le destinerait spontanément.

Il ne vous reste plus qu'un meuble à examiner : c'est la bibliothèque vitrée que vous avez déjà rencontrée, dans l'entrée, dans les années 1980, avant qu'elle ne soit remplacée par l'actuelle armoire à linge débordant de serviettes élimées et de taies dépareillées. Elle se trouve maintenant à droite du canapé rouge, avant le bow-window, et ne contient plus du tout les mêmes livres ni le même matériel de petit bricolage : sur les rayonnages du haut sont rangées des bandes dessinées, et dans le placard du bas un assortiment de jeux de société et de puzzles. En cliquant dessus, vous récupérez une boîte de *Scrabble* et la rangez dans votre inventaire : vous avez la possibilité de l'ouvrir et d'en manipuler les lettres, ce qui, pour l'instant, vous fait une belle jambe.

Vous pouvez, en cliquant dessus, allumer les guirlandes électriques accrochées, ici aussi, au plafond, ainsi que la lampe de bureau.

Mais rien de tout ça ne provoque l'ouverture de la porte, à votre gauche, percée dans le mur est, qui mène presque certainement à l'entrée.

C'est pourtant votre objectif. Les novices mettent peut-être en doute l'intérêt de retourner dans une pièce qu'ils connaissent déjà et se demandent s'il ne vaudrait pas mieux essayer de pénétrer dans le salon. Ils ont raison. C'est un autre de vos objectifs. Mais je rappelle que tout obstacle franchi, dans un *escape game*, a des répercussions, vous fait progresser dans le jeu. Il va falloir vous concentrer sur les tableaux et (c'est le seul appareil présent) sur la chaîne stéréo posée sur un rayonnage de la bibliothèque.

Commencez par les tableaux.

De part et d'autre du canapé rouge installé devant le bow-window, à l'ouest, aux lambris dont la peinture blanche s'écaille, sont accrochées cinq petites gravures rehaussées de tons pastel représentant, en uniformes, des membres de la marine royale de tous grades (amiral, vice-amiral, officier, capitaine de vaisseau, fantassins des Compagnies franches, gardes, simples hommes de troupe, ou matelot) qui vont par deux ou par trois. Si l'on en croit leurs tricornes et leurs hauts-de-chausses (seul le matelot est en pantalons), ils servaient probablement sous Louis XV. Ils sont à terre, mais toujours au bord de la mer – qu'ils surplombent, lorsqu'ils sont gradés, depuis une dune. On aperçoit à l'arrière-plan un ou plusieurs bateaux – beaux voiliers derrière les supérieurs, barques derrière les autres. Leurs jeux de regards et leurs gestes sont particulièrement soignés – et révélateurs ? mais de quoi ?

Les hommes de troupe et les fantassins vont par deux et se regardent fixement : les hommes de troupe immobiles, un peu guindés, comme intimidés par le peintre ; la pose des fantassins est de loin la plus énergique : l'un nettoie son mousquet, l'autre lui désigne de la pointe de son épée un truc situé hors champ, sur sa gauche.

Le capitaine de vaisseau tourne le dos à la mer, son justaucorps et ses culottes courtes sont roses comme ses lèvres, et ses yeux vagues dirigés vers le ciel : peut-être son trois-mâts, esquissé derrière lui, est-il encalminé ? À sa droite, imperceptiblement en retrait, un officier dévisage un troisième personnage, nettement à l'arrière-plan, un soldat, son mousquet nonchalamment jeté sur l'épaule, qui lui rend son regard d'un air complice : idylle naissante ?

L'amiral, lui aussi, pointe son index d'un air viril vers sa gauche, direction docilement suivie des yeux par le vice-amiral qui l'accompagne, mais le matelot, à leur droite, impassible dans son costume aux rayures verticales, la main glissée dans l'échancrure de son gilet comme Bonaparte, regarde ostensiblement à l'opposé.

Le dernier trio est vêtu de rose, mais ne porte pas de rouge à lèvres : deux gardes écoutent attentivement ce que le chirurgien leur explique en appuyant son propos d'un geste impérieux et docte.

Sur le mur est, derrière le bureau, il y a deux grandes reproductions de cartes marines plus ou moins anciennes, encadrées et sous verre, représentant les côtes nord de la France. Celle de gauche va du cap Fréhel à Cancale. Celle de droite la prolonge, des Héaux de Bréhat au cap Lévi. La mer, près des côtes, est d'un turquoise pâle qui ne reflète pas souvent la réalité. J'ai un peu navigué dans ces eaux, mais ni les chiffres, numéros minuscules – coordonnées géographiques ? distances ? – ni les lignes concentriques et plus ou moins bleutées – hauteur des fonds ? – ne me disent rien.

Enfin, sur le panneau de gauche en venant de la salle à manger, sont superposées trois images : en haut, une photo en noir et blanc prise en légère plongée (du haut d'un gros ferry, par exemple), au milieu une vue aérienne en couleurs, dont les verts ont peut-être été un peu retravaillés, et en bas une carte marine du même genre que celles de la côte nord. Toutes trois représentent la même chose : les îles Chausey, ces trois cent soixante-cinq plus ou moins gros cailloux dont la plupart n'émergent qu'à marée basse et qui constituent le but de promenade habituel des plaisanciers du coin.

Je ne sais pas si je retournerai jamais à Chausey.

Qu'est-ce qu'une maison de marins, sans marins ? Et sans bateau à l'arrière-plan ? Mon père est mort. Mon frère est mort. Le voilier que le second avait hérité du premier s'appelait l'*Anyway* et il vient d'être vendu. Ont-ils surtout aimé la maison pour sa proximité avec le port ? S'y sentaient-ils à l'étroit, douloureusement à l'ancre ? Je ne le leur ai jamais demandé et maintenant il est trop tard.

Mon père, qui avait d'abord grandi sur cette plage, dans une maison voisine et parente, avant d'apprendre à naviguer, adolescent, était, je dirais mais je n'en sais rien au fond, attaché aussi à ce rivage d'où, sortant ses lourdes jumelles de leur étui noir, il observait plusieurs fois par jour l'horizon, guettant le retour de quelque copain de ponton parti pour les îles Chausey avec la marée, mais sans regrets (je crois, je n'en sais rien), surtout lorsque le vent, ces jours-là, manquait, et qu'il passait son après-midi à rôtir au soleil, assis sur un fauteuil du salon traîné sur la terrasse, les épreuves d'un livre de la rentrée éparpillées sur les genoux. Je crois qu'il aimait, davantage encore en vieillissant, ce compromis qu'offrait la maison : les embruns, les grains, les cris des mouettes et les attaches des volets cliquetant comme des gréements – sans les naufrages. Partir en mer ou se marier, ça le tentait bien aussi, mais quel engagement, quelle responsabilité. La maison, c'était un bon moyen de vivre en union libre avec le bateau.

Il avait acheté son premier voilier, d'occasion, grâce au succès de son premier roman, l'année de la naissance de mon frère. Mon frère qui, lui, a donc sans doute toujours associé ce bout de côte à des départs en mer. Je ne me souviens pas l'avoir jamais vu manipuler les jumelles. Lorsque la météo, les heures d'ouverture ou de fermeture des portes du port de Granville, ou autres impossibilités le retenaient à la maison, il tournait le dos à la mer, comme les petits personnages en tricorne, et fumait à la fenêtre du jardin, côté est, derrière le baby-foot de la salle à manger. Son regard bleu était aussi vague, distrait et inexpressif alors que celui de notre père – je ne saurai jamais ce qu'il ressentait, accoudé ainsi, s'il préférait ne pas contempler ce qu'il ratait.

Avant d'essayer d'allumer la chaîne stéréo, il y a encore quelque chose que vous pouvez faire dans la pièce : les rideaux, lourds de poussière, aux rayures verticales autrefois vertes et blanches, aujourd'hui blanches et beigeasses, pensés pour vous isoler de la salle à manger, sont restés ouverts. Mais en cliquant dessus, vous faites glisser leurs anneaux de bois blanc le long de la tringle et, surprise, lorsque les deux pans se rejoignent, les volets du bow-window disparaissent subitement : ça y est, vous savez enfin ce qu'est une maison de marins, même sans marins.

Vous êtes d'abord aveuglés, tant le soleil, réverbéré par la grève, pénètre fort dans la bibliothèque, délavant au fil des étés les rayures vertes des rideaux, les franges des fauteuils rouges, le papier peint vert amande autour des tableaux. La mer, au loin, n'est ni haute ni basse, et, comme vous ne savez pas quel jour vous êtes, l'annuaire des marées rangé dans votre inventaire ne vous révélera pas si elle monte ou si elle descend. Peu importe, vous ne vous baignerez pas tout de suite, vous êtes piégés dans la bibliothèque : en fermant les rideaux, vous avez condamné la porte de la salle à manger. Et, si vous les rouvrez, les volets du bow-window se remettent en place. Je serais vous, je profiterais plutôt du beau temps (vous n'avez, pour cela, qu'à refermer les rideaux, les volets disparaîtront de nouveau) : ce n'est pas un hasard si, par ici, on appelle toujours ça une éclaircie, et même les plus belles ne durent pas.

Vous clignez déjà moins des yeux. On s'habitue vite et volontiers à la violence de cette lumière, tant on devine qu'elle est précaire. Et, comme en pleine mer, on se fabrique en vieillissant des tas de pattes-d'oie dont l'intérieur des sillons ne bronze pas et vous fait en fin d'été un regard écarquillé. En vous agenouillant sur le canapé rouge et en vous accoudant à son dossier, face au large, vous voyez, entre vous et la plage, un carré de terrain plus ou moins couvert d'herbe salée, bordé par une balustrade en briques en face de vous et par deux haies de fusains déplumées par le vent, à droite et à gauche. Celle de droite vous masque ce qui serait un escalier, à en croire la reproduction non répertoriée du tableau d'un peintre célèbre accrochée dans l'entrée (où la haie ne figure pas). Et vous empêche de voir s'il mène vraiment à la plage. Mais elle ne dissimule pas entièrement, au nord, la vue sur Granville ni, au nord-ouest, sur les îles Chausey.

J'ai de très jolies photos de ma fille postée ainsi sur ce canapé. Elle avait à peine deux ans et se tenait donc debout contre le dossier, son regard sérieux fixé sur l'horizon sans ciller. Je les avais prises pour les montrer à mon père, hospitalisé en réanimation, cet été où lui et la maison ont failli mourir. Il n'a pas voulu les regarder. Il n'avait pas renoncé à y retourner. C'était trop tôt pour les images figées, la distance, les adieux. Il est revenu les quatre étés suivants dans la maison. Il était en sursis. La maison, elle, on verra.

Vos premières tentatives pour mettre de la musique sont infructueuses. Le vieil ampli (vieux exprès : seuls les modèles fabriqués au XXe siècle sont assez solides pour survivre à l'humidité de la maison, celui-là est le deuxième, en trente-cinq ans, à tenir le coup, et les deux avaient déjà une longue carrière derrière eux avant d'être installés ici) s'allume gentiment, mais vous avez beau tourner le bouton et essayer les différentes positions indiquées (phono, tuner et le prometteur « aux »), rien ne se passe. Il y a bien quelques CD alignés de part et d'autre de la chaîne, mais, même en zoomant dessus, vous n'en déchiffrez pas les titres et ils refusent obstinément d'obéir à votre souris. Vous cliquez à tout hasard sur le lecteur de CD (moins vieux, et donc promis à une obsolescence rapide) sans succès. Les plus malins ont déjà deviné qu'il leur faut réactiver la fonction « musique d'ambiance » du jeu.

Cette chaîne stéréo a longtemps été (avant les smartphones, les playlists et les enceintes miniatures), le seul moyen d'en écouter dans la maison. Et les boums improvisées continuent à se tenir dans la bibliothèque, transformée en boîte de nuit – il suffit d'allumer les guirlandes et, si on n'est pas encore trop soûl pour se souvenir de l'endroit où elle est rangée, la lampe disco à six spots colorés et clignotants (achetée un 31 décembre dans un supermarché de décoration discount de la zone de Granville).

Dans ce jeu (comme dans la vie, commenterait ma mère), la musique, ça permet de voyager dans le passé. Une fois réactivée la fonction « musique d'ambiance », une playlist dévide des tubes des années 1980 qui sont encore, génération après génération, parfois remixés, ceux qu'on écoute dans la maison. Si vous reconnaissez « Sweet Dreams » ou « Macumba », ça ne vous renseignera pas sur l'époque où vous vous trouvez.

Premiers temps de la bibliothèque : les fillettes (qui regardaient les grands jouer au ping-pong, puis les quitter, joyeux, inconscients de la frustration impatiente qu'elles ressentaient en les voyant partir pour s'amuser ailleurs) ont grandi, et déjà passé l'âge de comparer, avec leurs copines de plage, la croissance de leurs seins. Elles échouent là à l'aube avec leur bande, ramenée après une nuit à la discothèque de Hauteville-sur-Mer, puis un bref détour par l'arrière de la boulangerie de Granville, où les moins frileux (les petits matins sont frais, même l'été, et les épaules des filles souvent dénudées), sautant de la voiture, sont allés acheter la toute première fournée de pains au chocolat, et elles apprennent, dans cette bibliothèque, à boire le calvados de contrebande que mon père (qui n'aimait pas du tout l'alcool, mais encore moins faire de la peine au vieux Normand qui venait chaque année lui en proposer avec des mines de bootlegger), conserve au fond d'un placard de la cuisine. Elles apprennent aussi à aimer les cigarettes, et à tourner leur langue dans la bouche des garçons. Elles ont vieilli maintenant et ce sont leurs enfants qui perpétuent la tradition (pour ce qu'elles en savent, elles sont couchées depuis longtemps).

Leurs enfants qui se sont, entre-temps, traînés sur le carré de moquette élimé jusque sous le bureau, au milieu de leurs jouets en plastique bruyants, au son d'une des deux ou trois cassettes audio que mon père passait sur la chaîne stéréo, du Mozart ou du jazz – du jazz encore, après sa mort, jazz que mon frère, devenu père sur le tard, écoutait aussi. Les grandes personnes sont affalées dans les fauteuils rouges, un polar à moitié lu ou un chevalet supportant les derniers jetons d'une partie de *Scrabble* inachevée sur les genoux, autour d'un thé en sachet et d'une assiette de sablés, parce que ce n'est pas encore l'heure de l'apéro (qu'on lancera dès qu'on en aura marre de voir les bébés salir sur le carré de moquette poussiéreux les pyjamas tout propres qu'on vient de leur mettre en les sortant de leur bain, apéro dont le signal est précisément la négociation bâclée entre les différents parents – nuggets ou pizza, ce soir, pour les petits ? – synonyme, en ce qui les concerne, eux, de rondelles d'andouille ou de bulots mayonnaise arrosés de vin blanc, et d'une musique plus récente).

Enfants qui ont grandi à leur tour et, avant d'atteindre l'âge des fins de soirée au calva, ou même lorsqu'ils l'ont déjà atteint, disputent là des parties de cartes aussi bruyantes que leurs jouets en plastique d'autrefois.

Ni la lampe disco à six spots, ni les sirènes de pompier stridentes, ni les thés-sablés, rituels mais toujours un peu vacants, ni les parties de tarot n'ont jamais empêché un ou plusieurs participants de s'endormir sur le canapé rouge, leur joue de prendre l'empreinte révélatrice laissée par les motifs floraux de ses coussins.

Le soleil qui décline déjà et la plage vide de promeneurs vous indiquent que l'été est fini, ou n'a pas encore recommencé. On se sert moins de la bibliothèque dans la journée, l'été.

Les fauteuils rouges amplifient les reflets roses du couchant sur les boiseries et les huisseries blanches (ici comme dans la salle à manger). Si vous vous servez des jumelles rangées dans votre inventaire et que vous les braquez vers l'horizon, vous repérerez peut-être l'*Anyway* qui cabote en face de la maison (grâce à la musique, vous avez voyagé dans le temps, à une époque où il y avait encore des marins dans la maison, et un voilier à l'arrière-plan), mais c'est que de nouveaux résidents auront vraiment réclamé (ou fait semblant, mais on les aura pris au mot) de faire un tour en mer, chaudement vêtus.

Vous vous rappelez que vous êtes coincés et qu'il vous reste pas mal de portes à ouvrir pour progresser dans le jeu, dont celle de la bibliothèque qui vous ramènera probablement dans l'entrée, et la double porte-fenêtre qui sépare la salle à manger du salon. Dès que le soleil aura disparu, vous pourrez rouvrir les rideaux rayés, les volets reprendront leur place aux fenêtres du bow-window mais de toute façon le spectacle, dehors, est presque terminé.

De quels éléments de votre inventaire ne vous êtes-vous pas encore servis ?

Un aspirateur.

Un parasol.

Une rallonge électrique.

Un déguisement de babouin.

Un marteau.

Un tournevis.

Un annuaire des marées datant de 2017.

Une paire de jumelles.

Un tapis de gymnastique.

Un jeu de *Scrabble*.

Vous êtes tentés par le *Scrabble*, et je ne saurais vous le reprocher : après tout, vous êtes dans une bibliothèque, et les lettres semblent un moyen approprié d'y progresser dans le jeu (plutôt que de passer l'aspirateur en costume de babouin).

Profitez du reste de lumière pour les étudier là où on les pose d'habitude, sur la table basse en rotin. Vous laissez la musique d'ambiance. La playlist rend toujours hommage aux années 1980 et, vous en avez peut-être un peu honte, mais vous aimez bien le tube de Niagara qui passe en ce moment. Vous aurez deviné qu'il ne s'agit pas de jouer contre un adversaire invisible, mais de former le mot qui vous permettra peut-être d'ouvrir une porte. Si vous avez compris qu'un *escape game* n'était pas un Loto, que les soluces étaient en principe déductibles d'un ensemble d'indices correctement récoltés, et si vous avez mémorisé les noms de tous les bateaux représentés dans la salle à manger, pas besoin de rouvrir les rideaux pour aller les vérifier, vous pouvez rester assis tranquillement dans la bibliothèque où les derniers rayons ont disparu, mais où la plage et la mer sont encore embuées de rose (buée rose s'accordant parfaitement à la voix de France Gall qui a succédé à Niagara). Certes, les bateaux de la salle à manger portaient pour la plupart des noms propres (et les noms propres sont interdits au *Scrabble*), mais, dans un *escape game*, ils pourraient bien constituer des indices (laissez de côté pour l'instant l'annuaire des marées, il est essentiellement constitué de colonnes de chiffres, et les cartes marines, où les noms propres sont trop abondants). Vous éliminez d'emblée les mots de plus de sept lettres, ce qui exclut « astrolabe » et « coquille » (dommage : un bateau qui avait porté successivement deux noms communs), ainsi que « Bretagne ». Vous essayez « Pomone » et « Didon » en vain, et vous gardez pour la fin « Valmy » qui vous paraît prometteur, avec son « Y » à dix points. Rien. Vous vous souvenez d'*Ouragan*, la maquette de l'entrée, qui non seulement est un nom commun mais, avec ses sept lettres, vous permettrait d'obtenir un « scrabble » (un petit « scrabble » à huit points, mais bon). En vain.

En désespoir de cause, vous revenez à l'annuaire des marées et vous réjouissez de constater que plusieurs mois comptent sept lettres : janvier, février, et octobre. Non plus. Vous finissez par penser à essayer « Chausey » avec un rictus de triomphe anticipé (un mot de sept lettres, ou « scrabble », c'est une prime de cinquante points, et il y a beaucoup de lettres chères, dans « Chausey » : même sans compter les cases à bonus, c'est soixante et onze points). Encore un faux espoir.

À ce stade de la partie, vous avez le droit de regretter de visiter la maison sous la forme d'un *escape game*, et que personne ne soit là (ce qui ne manquerait pas d'arriver dans la vraie vie) pour remarquer que le soleil, en se couchant, a sonné l'heure de préparer l'apéro.

Vous êtes sensiblement découragés. Vous balayez du regard les mots que vous avez étalés devant vous sur la table, et manipulez les jetons restants, comme mon père ou certaine de mes amies : sans conviction.

Combien de temps vous faudra-t-il pour vous aviser que le jeu présente une anomalie? Même ceux parmi vous qui n'ont jamais terminé une partie de *Scrabble* sont capables de la repérer. La plupart des lettres, au *Scrabble*, valent un point, et existent en plusieurs exemplaires (jusqu'à quinze pour le « E »). Moins elles sont usitées en français, plus elles sont rares et précieuses. Seules cinq d'entre elles valent dix points : le « Z » (ce qui est d'ailleurs absurde puisque le droit de conjuguer les verbes, par exemple à la deuxième personne du pluriel, donne d'innombrables occasions de le caser), le « W », le « K », le « X » et le « Y ». Et il n'y en a qu'une de chaque dans le jeu. Ces valeur et nombre varient bien sûr d'une langue à l'autre, mais ce jeu-là a tout l'air d'être français… n'était la présence de deux « Y », qui vous sautent enfin aux yeux en relisant les mots que vous avez composés en vain, puis laissés en place, et parmi eux « Valmy » et « Chausey » : deux « Y », c'est ce qu'offre la version anglaise du *Scrabble*, mais pas la française, et vous avez maintenant intérêt à trouver un mot qui contienne deux « Y », si vous voulez mon avis.

Si vous étiez vraiment dans un *escape game*, vous ne disposeriez, en guise d'indices, que des objets (tableaux ou autres) que je vous ai décrits. Mais ce n'est pas le cas, et les indices peuvent s'être glissés ailleurs dans le texte. Le mot que vous cherchez ne réfère même pas forcément à un signifié présent dans cette maison, si remplie d'absences.

La cave

J'ai oublié en quelle année, exactement, mon père a acheté l'*Anyway*, mais il me semble qu'il était déjà entré à l'Académie française, et que j'étais moi-même encore assez ado pour pratiquer l'opposition systématique : je le charriais donc et sur cette élection, et, sans aucune cohérence, sur ce nom anglais (que mon père parlait d'ailleurs fort mal, juste assez, en débarquant à Jersey, pour négocier une place dans le port, puis nous offrir des boîtes de bonbons *Quality Street* et des pulls en lambswool dans les boutiques *duty free* de St. Hélier).

C'était son troisième voilier. Il avait acquis le premier d'occasion et on ne rebaptise pas un bateau, lorsqu'on est superstitieux et/ou respectueux des traditions. (Vous me direz : et la *Coquille*, alors, devenue l'*Astrolabe*? Certes, mais le bateau lui-même avait été modifié, de « gabarre », souvenez-vous, il était devenu « corvette ».) Celui qu'avait acheté mon père s'appelait l'*Udy*, personne n'a jamais su pourquoi. Peut-être étaient-ce les initiales des membres de la famille qui le lui avait vendu (Ursule et Didier, les parents, Yvonne, leur fille ?). Lorsque l'*Udy* a fait son temps et que mon père a acheté le deuxième, neuf cette fois, par souci de continuité phonétique et pour souligner l'extravagance de la dépense, il l'a baptisé *Lubie*. C'est celui sur lequel j'ai le plus navigué et le seul à bord duquel j'ai dormi (mal, dans les étroites couchettes dites « cercueil » qui surplombaient le carré, dont les matelas spongieux houssés de toile cirée faisaient un bruit de succion chaque fois qu'on parvenait à s'y mouvoir de quelques millimètres, et où l'on se réveillait le visage trempé par les gouttes de condensation qui tombaient du minuscule hublot). L'*Anyway* était réputé plus confortable, mais je n'étais, à l'époque où il a remplacé *Lubie*, déjà plus assez ado pour aller jusqu'à Jersey acheter des bonbons et des pulls qui grattent. Je préférais rester à terre et passer la nuit à la discothèque de Hauteville-sur-Mer.

« Anyway » ne compte que six lettres, ce n'est donc pas un « scrabble ». Mais il vous rapporte quand même trente-trois points, ce qui n'est pas mal et, surtout, à peine l'avez-vous composé que vous voyez s'ouvrir la porte, à gauche du bureau, percée dans le mur est, et qui donne effectivement sur l'entrée. Au même moment, la playlist des années 1980 s'interrompt pour laisser place à une chanson de George Hamilton IV, l'une des dix musiques recensées par le Wikipédia anglophone à s'intituler *Anyway* : il s'agit d'un air de country qui date de 1971 et, si je l'ai choisi, c'est que j'ai un faible coupable pour la country (coupable aux yeux de Jules, en tout cas). Si vous n'êtes pas fans de country, désactivez la fonction « musique d'ambiance » et, si vous n'êtes pas fans non plus des années 1980, réjouissez-vous que ce ne soit pas le mot « Ouragan » qui ait débloqué le jeu, vous auriez sûrement eu droit au tube de la princesse Stéphanie.

Dans l'entrée, lorsque vous y pénétrez de nouveau, mais en venant cette fois de la bibliothèque, vous constatez que la dernière porte, sous l'escalier, s'est elle aussi entrouverte et dissimule bien les premières marches, plongées dans le noir, d'un escalier menant à la cave. L'interrupteur est placé juste à votre main gauche. Vous descendez.

C'est une très grande cave (elle a les mêmes dimensions que le rez-de-chaussée), et la pièce où la lumière diffusée par des soupiraux vous attire d'abord se trouve au-dessous de la salle à manger. Les volets des soupiraux, à l'est comme à l'ouest, sont ouverts et vous n'avez pas besoin d'allumer d'autre lumière que celle de l'escalier pour découvrir, dans la lumière rasante du crépuscule encore rosé, que c'est là, aujourd'hui, qu'on joue au ping-pong, et que le public peut s'asseoir, sur les sièges de spectacle dont la splendeur passée, si elle a jamais existé, a définitivement fané.

La table de jeu elle aussi a souffert. Son plateau est maculé de traces de peinture blanche : des empreintes de mains. Ces taches ne sont sans doute pas assez épaisses pour corrompre le rebond d'une balle (je dis « sans doute » parce que, depuis que la table de ping-pong a été remisée à la cave, je ne me souviens pas avoir jamais retouché à une raquette). Admettons : la table a souffert au moins dans sa dignité.

Elle sert encore, lorsque les sportifs en ont marre du baby-foot, ou sont trop nombreux pour y jouer tous en même temps. C'est que la maison est bien pleine alors, et si le bruit des smashs traverse le plancher de la salle à manger et se mêle, au-dessus, aux cliquetis des barres du baby, et même si les clameurs de tous ces joueurs se confondent, il y a de fortes chances pour que dominent, au même moment, les cris d'un bébé, les aboiements d'un chien, le ronronnement d'un ustensile électrique (mixeur, fouet) dans la cuisine, et, bientôt, le son de la cloche (en cuivre ?) appelant tout le monde à table.

Lorsque la maison a été construite, au XIXe siècle, c'est là qu'était la cuisine. De part et d'autre de la table de ping-pong, sous les soupiraux, des éviers attestent ce premier usage de la pièce. Architecte de formation, c'est mon frère, qui, il y a seulement quelques années, a deviné ce que signifiait un détail bizarre du plancher de la salle à manger, sous le piano (à droite de la fenêtre donnant sur le jardin, et du baby-foot), un jour où nous traînions à table, à la fin d'un repas, et regardions ce coin avec perplexité : un demi-mètre carré de lattes a l'air d'avoir été ajouté après coup. Il devait y avoir un monte-charge, a deviné mon frère, sur lequel la cuisinière, de son sous-sol, passait les plats. Ou aurait dû les passer : le peu que je sais ou crois avoir compris de l'histoire de la maison, c'est que la dame, amie de mon arrière-grand-mère, qui l'a fait construire, avait prévu d'y élever une famille nombreuse, et que n'ayant jamais réussi à avoir d'enfants, elle n'y est jamais venue, a définitivement pris en grippe Saint-Pair-sur-Mer, Manche. La cave n'a peut-être donc jamais connu les charmes fastueux du monte-charge, évocateur des feuilletons produits par la BBC. Et, il faut l'espérer, aucune des minuscules pièces qui composent le reste du sous-sol n'a hébergé de domestique, même si c'est, à ce jour (où, vous allez le découvrir en les explorant, on range tout et n'importe quoi), la seule vocation initiale plausible qu'on ait pu leur deviner.

En plus des éviers (fuyants : ne vous amusez pas à y faire couler de l'eau), de la table de ping-pong et des sièges de théâtre, il y a eu dans l'ancienne cuisine un congélateur dédié aux plus jeunes (nuggets/pizzas, glaces l'été : il est loin le temps de mon enfance où la plage noire de monde voyait passer, les après-midi d'août, des vendeurs ambulants), récemment remplacé par un réfrigérateur dédié aux plus grands (celui d'en haut ne peut pas conserver suffisamment de vin blanc au frais). Le reste : tout et n'importe quoi, comme dans les pièces voisines, selon le degré de motivation des membres de la maisonnée lorsqu'il s'agit de réparer ou d'emporter à la déchetterie. Un purgatoire d'où peu d'objets ressuscitent. Dans les cellules adjacentes, si vous êtes tombés, par hasard, sur un été où un tri sérieux a été entrepris, vous discernerez, à la lumière crue d'ampoules nues, des velléités d'ordre et de classement : telle est affectée aux bottes en caoutchouc (toutes les pointures sont représentées), telle autre, dont une porte pourrait mener au jardin, fait, si on ne craint pas d'employer des termes pompeux, office de buanderie. Tout au fond, la dernière abrite la chaudière. Ses murs de pierre noirs ont été artistement tagués, un soir d'ivresse où les jeunes se sont pris pour Basquiat. Vous comprenez mieux, maintenant, les empreintes de peinture blanche laissées par des mains avinées sur le plateau de la table de ping-pong (et vous condamnez vigoureusement le manque de tenue des jeunes, lorsqu'ils s'initient à l'alcool).

Tout ce que vous récoltez dans votre inventaire, c'est un matériel de pêche en plastique pour enfants (épuisette et panier) relativement neuf. Maigre butin, que vous devriez essayer d'enrichir en visitant de nouveau la cave, mais dans les années 1980. Vous n'avez qu'à remonter dans l'entrée, et modifier la disposition du paillasson, de la cloche, du brick *Ouragan* et de la paire de bottes jaunes.

Dans les années 1980, avant qu'on y installe la table de ping-pong et qu'on y entasse, décennie après décennie, des candidats à la déchetterie, la grande pièce de la cave, qu'on n'avait déjà peut-être jamais utilisée comme cuisine, ne servait, en vérité, à rien. Elle se prêtait donc idéalement aux explorations de gamins biberonnés à la lecture du *Club des cinq* et, quelques étés plus tard, à leurs premières boums. Nous ne buvions pas d'alcool aussi tôt que nos enfants, les cousins et moi. Mais l'apparition des premiers magnétophones à cassettes portatifs à la fin des années 1970 et l'indulgence de mon père – lorsque je me suis mis en tête de colorier les ampoules nues pour créer une lumière tamisée (d'où tenais-je donc qu'une boum exigeait une lumière tamisée ? d'*On achève bien les chevaux* ?) : un coup de feutre rouge suffit à leur donner un halo rosâtre qui s'est délavé au fil des années –, indulgence qui avait même incité mon père à trouver un nom à cette éphémère discothèque, plusieurs noms à vrai dire, dont aucun n'a eu le temps de s'imposer – j'ai vite découvert l'existence des *Dunes*, à Hauteville-sur-Mer, et cette grande affaire de l'adolescence (où danser ? où draguer ?) s'est brutalement professionnalisée –, bref, magnétophone et indulgence paternelle ont permis l'organisation dans cette cave d'une unique boum (la seule dont je me souvienne en tout cas : les cousins étaient des cousins, et un peu jeunes). Mais l'éclairage tamisé a survécu longtemps à cet été.

Et c'est sous cet éclairage de lupanar que vous apercevez, dans la pièce adjacente, à côté de la machine à laver le linge antique, une pile de menue monnaie posée à côté du pack de lessive, sans doute extraite, au moment de le laver, de la poche de jean d'un résident insouciant. Comme vous pouviez vous y attendre, ce sont des francs (plus exactement, des centimes de francs). Peut-être n'en avez-vous jamais utilisé ou, comme moi, pas depuis presque vingt ans (les plus jeunes de mes enfants ne les ont pas connus). Vous vous en emparez facilement (mus par la nostalgie plus que par la cupidité : même s'ils étaient encore en circulation, vous pourriez à peine vous payer un galet sucré veiné de pistache à la boulangerie de Saint-Pair, avec ces pièces-là) et les remisez dans votre inventaire.

Il vous reste encore deux portes à ouvrir au rez-de-chaussée, toutes deux dans la salle à manger : la double porte vitrée dont les carreaux poussiéreux laissent deviner le salon, et la porte en bois plein qui doit probablement mener à la cuisine. Et, à la cave, celle qui, de la « buanderie » où vous êtes restés réfléchir, pourrait donner sur l'extérieur, au nord, même si, dans la mesure où vous arrivez à vous repérer, le tableau du peintre célèbre accroché dans l'entrée qui représente peut-être la maison vue du nord n'indique aucune sortie de cave là où elle devrait, selon vos calculs, se situer. Mais rien ne dit, n'est-ce pas, que le tableau représente la maison, ou, si c'est bien elle, que l'artiste ait cherché la fidélité au modèle.

Il est temps de faire le point sur votre équipement et de définir vos priorités.

Vous aimeriez bien sortir de la maison : non pas que ce soit le but du jeu, il vous reste des pièces importantes à explorer. Mais parce que vous disposez d'une épuisette et d'un panier, et que quelque chose vous dit que, si vous parvenez à pêcher des crevettes, la porte de la cuisine s'ouvrira. Grisés par vos succès, et par tout cet espace que vous avez déjà réussi à conquérir, vous vous êtes montrés négligents (c'est un travers répandu chez les joueurs novices, ou avertis mais irrémédiablement impatients) avec les appareils électriques. À travers le tambour de la machine à laver, vous apercevez du linge, notamment un jean (celui dont proviennent sans doute les centimes de francs). Vous êtes toujours dans les années 1980, à une époque où on essayait encore (entre deux averses) de sécher le linge en plein air, étendu au fond du jardin. Une lessive à étendre serait une bonne occasion de franchir cette porte close, si elle ouvre, comme vous l'espérez, sur l'extérieur. Vous cliquez donc sans trop y croire sur l'unique bouton du lave-linge (vous êtes dans un *escape game*, la technologie domestique est simplifiée).

Un *escape game*, ce n'est pas toujours « comme la vie » : certaines actions s'y révèlent extraordinairement aisées. Inutile d'attendre la fin du cycle de lavage. Il a suffi que vous mettiez le lave-linge en marche pour que la porte de la buanderie, rendant justice à votre esprit logique, s'entrouvre, dévoilant une volée de marches qui montent effectivement au jardin, côté nord. Admettons aussi, pour les besoins de la progression dramatique (non, dramatique est un peu exagéré, disons ludique), qu'il fasse nuit, ce qui n'est pas idéal pour pêcher la crevette, mais me permet de réserver pour plus tard votre exploration du jardin. Dans le noir, vous montez les quelques marches encombrées de feuilles mortes et contournez la maison par le nord. Vous entendez la mer sans pouvoir déterminer à quelle distance. Peu importe, vous vous dirigez vers la source de ce bruit et vous n'avez qu'à prendre dans votre inventaire l'épuisette et la braquer vers l'ouest pour qu'elle se remplisse instantanément de crevettes. C'est ainsi que se résolvent souvent les problèmes, dans un *escape game*. Il n'est pas si facile – pas plus que de mettre en marche un lave-linge – de prendre des crevettes, dans la vie : j'ai plutôt pratiqué la pêche aux coques, mais, coques ou crevettes, je ne me souviens pas qu'aucun membre de la maisonnée ait jamais rapporté de quoi nourrir grand monde, et le peu qu'on ait jamais pêché avait tendance à donner des maladies, intestinales ou dermatologiques.

Rebroussez chemin, remontez de la cave au rez-de-chaussée et postez-vous, confiants, forts de votre pêche miraculeuse, devant la porte supposée de la cuisine. Qui s'ouvre dès que vous lui présentez votre panier en plastique rempli de bestioles grouillantes et translucides, et qui donne bien dans la cuisine.

LA CUISINE

Elle est beaucoup trop petite. Conçus sans doute à l'origine pour servir d'office (où l'on entreposait les plats montés du sous-sol à travers le plancher – où l'on aurait dû les entreposer, si l'amie de mon arrière-grand-mère n'avait pas été stérile, et avait usé de la maison comme elle en avait l'intention : en châtelaine de feuilleton BBC), ses quatre mètres carrés, allez, six à tout casser, ont été aménagés par ma mère avec un maximum d'ingéniosité – même s'il lui a fallu condamner une des deux fenêtres pour caser un plan de travail, beaucoup trop petit lui aussi – ce qui complique énormément la fermeture d'un des volets (il faudrait le faire du jardin, juché sur une échelle), et vous permet donc de découvrir la cuisine à la lumière du jour (je sais, il faisait nuit il y a un instant lorsque vous êtes sortis pêcher la crevette, mais, dans un *escape game*, le temps ne s'écoule pas nécessairement non plus comme dans la vie).

Votre regard est immédiatement attiré par le jardin, à l'est, et, puisque vous commencez cette nouvelle exploration dans les années 1980, il y a peut-être encore, en haut du talus qui borde, à gauche, la courte allée qui descend vers le portail (cette courte allée dont je n'arrive pas à me souvenir si j'ai regardé mon frère la prendre à bord de sa moto, ce samedi matin d'août 2017, la dernière fois que je l'ai vu vivant), la balançoire d'où, beaucoup plus jeune, j'arrivais, au comble de l'élan, à apercevoir la mer de l'autre côté de la maison. Je dis qu'elle s'y trouve « peut-être » parce que, dans les années 1980, j'avais déjà arrêté la balançoire et que je passais beaucoup moins de temps à cuisiner (le regard souvent fixé sur le jardin) qu'aujourd'hui, où elle a depuis longtemps disparu, mais je ne saurais pas dire depuis quand.

La cuisine est beaucoup trop petite, même si elle contient des récipients d'une taille impressionnante, eux, marmites, faitouts ou turbotières rangés sur l'étagère la plus haute et qu'on grimpe souvent pour aller chercher et dégraisser du mieux qu'on peut avant d'y préparer des plats pour douze. La cuisine est un casse-tête, mais la soluce n'est pas sur internet. Je suppose que, si la maison tombait dans les mains d'une nouvelle famille, celle-ci aurait vite fait de casser la cloison qui la sépare de la salle à manger et de gagner une place précieuse en transformant tout ça à l'américaine, avec îlot central, ce genre de choses. C'en serait fini du babyfoot et du piano. En attendant, marins ou pas, les occupants de la maison s'efforcent d'y maintenir un ordre aussi nécessaire que dans la cabine d'un bateau.

Bien que petite, bien qu'on y oublie presque le voisinage de la mer (les deux fenêtres donnent l'une au nord, au-dessus des marches que vous avez gravies dans le noir tout à l'heure pour sortir de la cave avec votre épuisette, l'autre à l'est, sur le portail), la pièce regorge régulièrement de monde. Non pas qu'on puisse être nombreux à y travailler efficacement : le plan de travail permet à peine à deux personnes d'éplucher des légumes côte à côte, et encore doivent-elles éviter de s'en écarter, au risque de buter contre le troisième marmiton qui, leur tournant le dos, surveille une cuisson, sans parler d'un éventuel préposé à la plonge. Impossible d'y ouvrir le four et le frigidaire en même temps. On trouve pourtant toujours à faire de la place à qui propose alors de servir un coup de blanc. Et, comme dans toutes les cuisines, il s'y est échangé et continue de s'y dire des secrets importants, de s'y tenir des conversations plus intimes et plus franches, la parole libérée par les tâches qu'y accomplissent machinalement cerveaux et mains.

Le soleil n'y pénètre jamais, mais par la fenêtre on peut suivre toutes les variations météorologiques et deviner, rien qu'au degré d'illumination de la pelouse brûlée par le sel, si un contingent de baigneurs risque de traverser la salle à manger avant que le repas ne soit prêt, s'il faut donc éventuellement différer d'un quart d'heure (personne ne se baigne longtemps, dans la Manche, en tout cas pas lorsqu'il s'agit de l'impulsion héroïque provoquée par une éclaircie) la cuisson de l'omelette du déjeuner ou des pâtes aux coques du dîner.

Vous pouvez vous amuser à voyager dans le temps pour observer d'éventuelles différences entre la cuisine des années 1980 et celle d'aujourd'hui : le frigidaire et le lave-vaisselle ont dû être remplacés au moins une fois, la cafetière électrique et le grille-pain, plusieurs, mais le design de ce genre d'appareils, lorsqu'on les choisit bas de gamme, n'a pas vraiment évolué en quarante ans, et, pour l'essentiel, la pièce n'a pas changé : tomettes verdâtres au sol (une couleur indéfinissable en fait, idéale pour une maison où on ne passe pas son temps à faire le ménage), carrelage plus sophistiqué, bleu et blanc, aux rares pans de murs où l'on n'a pas réussi à caser un placard en formica blanc, plan de travail marronnasse, également en formica. Au plafond, encore une grosse lanterne chinoise en papier blanc.

On écoute rarement de la musique, dans la cuisine – moi quelquefois, quand j'y suis seule. Mais on y chante beaucoup, ou plutôt on y chantonne ce qu'on vient d'entendre sur Radio Nostalgie dans la voiture en allant faire les courses, et si on chante à peu près juste, on a vite fait de mettre l'air dans la tête de tous ceux qui se hasardent à vous suivre dans la cuisine pour vous aider à ranger lesdites courses et à attaquer la préparation du prochain repas.

Les plus pragmatiques d'entre vous (ou les plus affamés) s'attendent sans doute à devoir entreprendre la cuisson de leurs crevettes. Non. Votre pêche, ainsi que vos panier et épuisette, ont disparu à la seconde où vous les avez braqués vers la porte et l'avez ainsi déverrouillée. Cela tombe bien : vous avez plein d'autres choses plus utiles à faire dans la pièce que d'y accommoder des crevettes, si vous voulez continuer à progresser dans votre exploration de la maison.

Dans les placards, contrariant les efforts des marins et des non-marins pour traiter la cuisine avec la même discipline qu'une cabine de bateau, s'entassent des objets plus ou moins nécessaires, ou qui ont cessé de l'être depuis longtemps. Aucun des trop nombreux moules à gâteaux, bols marqués des prénoms d'un peu tout le monde (morts et vivants, amis de toujours ou perdus de vue : les bols auront sans doute le même destin que les ronds de serviette en bois – cassés, ou disparus – achetés il y a quarante-cinq ans par ma mère et qui portaient aussi les prénoms gravés des membres de la famille et des amis qu'elle projetait d'inviter, au siècle dernier, le siècle des serviettes de table en tissu qui, elles, ont malheureusement survécu aux ronds et occupent, dans les tiroirs à côté du frigidaire, une place disproportionnée à leur usage), ni aucune des cuillers en bois n'acceptent de venir dans votre inventaire. En revanche, l'intérieur de la porte de l'étroit placard où sont rangés balais et table à repasser est prometteur.

Mon frère y a jadis – du vivant même de notre père, je dirais – imaginé un système de rangement perfectionné pour les dizaines de clefs que nous passions notre temps à chercher et à reperdre, et qui sont là, suspendues par petites grappes à une quinzaine de crochets soigneusement fixés à la porte, et dûment étiquetées (« portail », « portillon », « salle à manger porte mer », etc.). La plupart de ces clefs n'ouvrent plus rien, soit qu'on ait perdu l'habitude de tout verrouiller, soit qu'on ait changé les serrures auxquelles elles correspondaient. Mais, comme les guirlandes électriques, elles sont et restent là pour témoigner de la méticulosité de mon frère, cliquetant contre le battant de la porte du placard les rares fois où on se résout à y chercher un balai. Les deux seules qui obéissent à votre souris ne portent malheureusement pas de nom. Vous voilà bien avancés. Rangez-les dans votre inventaire pour plus tard.

Je vous laisse explorer les autres placards et tiroirs. Si certains d'entre vous aiment les antiquités, en matière de casseroles et d'épices, ils ne seront pas déçus. Mais aucune zone, autre que celle où vous avez capturé les deux clefs, ne brille lorsque vous promenez votre souris dessus. Vous êtes de nouveau coincés. Vous pouvez bien essayer avec chacune de ces deux clefs d'ouvrir toutes les portes encore closes, y compris celles des étages, mais vous aviez déjà remarqué, lors de votre premier repérage, en promenant, déjà, votre souris sur leurs serrures ou leurs poignées, qu'aucune phosphorescence particulière n'indiquait qu'elles pourraient jamais être ouvertes ainsi. Celles qui, jusqu'à présent, l'ont été, ne l'ont d'ailleurs pas été par des clefs.

Lorsque vous vous décidez à réexaminer les objets restés dans votre inventaire, vous avez enfin l'idée de compter plus précisément la petite monnaie en centimes de francs récoltée à côté du lave-linge. J'ai presque oublié à quoi ressemblaient les pièces de ma jeunesse, mais je saurais les reconnaître, et même si vous êtes beaucoup plus jeunes que moi, vous saurez vous aussi les additionner et parvenir à la somme d'un franc cinquante. Si vous êtes plus vieux que moi, peut-être ce chiffre vous inspirera-t-il aussitôt le sifflotement d'un air repris par Boris Vian d'un standard américain de 1920, « Whispering », adapté en français sous le titre « Ah si j'avais un franc cinquante ». Exceptionnellement dans ce jeu, ceux qui n'ont pas eu dans leur famille d'amateur de jazz, pas, comme moi, entendu leur père jouer cette chanson sur le vieux piano de la salle à manger à l'époque où toutes ses touches fonctionnaient, puis vu leur fils reprendre le flambeau avec d'autant plus de mérite qu'une sur deux aujourd'hui reste enfoncée ou n'émet aucun son, ceux qui n'auraient pas ri comme nous l'avons tous fait – toute la famille réunie le surlendemain de la mort de mon père pour, entre autres, choisir les musiques qu'on jouerait à ses funérailles – lorsque mon frère, pour détendre l'atmosphère, a suggéré « Ah si j'avais un franc cinquante », ceux-là donc, exceptionnellement, trouveront la soluce sur internet. Et si, après avoir écouté cette chanson et mémorisé sa mélodie (les paroles, elles, ne demandent pas beaucoup d'efforts, et ne s'adressent pas à ceux qui rêvent de faire fortune rapidement : « Ah si j'avais un franc cinquante, j'aurais bientôt deux francs cinquante / Ah si j'avais deux francs cinquante, j'aurais bientôt trois francs cinquante », et ainsi de suite), si donc vous ne réussissez pas, à l'oreille, à en retrouver les premières notes sur le vieux piano de la salle à manger (même moi j'y suis arrivée), la partition est aussi sur internet. Pour la jouer, il vous faut ce piano, et donc quitter les années 1980 (faire un petit tour dans l'entrée, enlever les bottes jaunes, remettre bateau, paillasson et cloche en place, vous avez l'habitude maintenant, pris le coup de main).

Do si-do ré-do-si-do si la : vous tâtonnez un peu et n'êtes peut-être pas tout à fait dans le rythme, ni dans la bonne octave (vous choisissez celle dont les quatre notes nécessaires fonctionnent toutes), mais cela suffit à la porte du salon pour s'ouvrir d'une secousse sonore qui ébranle le plancher.

Le salon

En 2002, mon père s'est enfin décidé à soigner la maison, qui souffrait d'une maladie encore rare à cette époque.

Tout avait commencé quelques mois (années ? je ne sais plus, je traitais encore la maison en usagère désinvolte, avant cet été-là) plus tôt avec l'apparition, sur un mur de la chambre de mon père (qui est aujourd'hui la mienne, et l'était déjà de son vivant lorsque je venais sans lui, moi qui n'ai pas eu, pendant longtemps, de chambre attitrée), de ce qui ressemblait d'abord à une simple tache d'humidité puis (aux dires de mon père, qui n'était pourtant pas spécialement, à ma connaissance, amateur de David Lynch, et qui trouvait la chose si répugnante qu'il avait préféré ne pas nous inviter à venir la regarder) à une oreille humaine. Une excroissance cartilagineuse et velue en forme de virgule : c'est ainsi que j'en suis réduite à imaginer le premier symptôme de la mérule pleureuse qui a failli dévorer la maison. Qui s'apprête peut-être à l'attaquer de nouveau, à tout moment, je n'aime pas y penser mais c'est un fait.

Le premier réflexe, lorsqu'on entretient une maison de ce genre (en bord de mer, constamment exposée à des dégradations plus ou moins graves, plus ou moins coûteuses), je le sais aujourd'hui, c'est le déni. Mon père avait donc poliment écouté les explications du spécialiste venu en consultation, appris l'existence du mot « mérule », jugé le devis qu'on lui soumettait exorbitant, puis procédé lui-même à l'ablation de l'oreille (remédié à sa résurgence chronique) et, je suppose, préféré s'endormir en tournant le dos à la tache persistante.

Jusqu'au jour où, dans un magazine feuilleté au buffet de la gare de Caen (un lieu de rêve, malheureusement disparu, comme beaucoup de lieux de rêve depuis plus de vingt ans que je travaille à Caen, dont je n'ai pas assez mesuré les charmes avant d'en être privée : en l'occurrence, les omelettes aux fines herbes gorgées de beurre et les serveurs infiniment disponibles tant l'affluence y était faible, surtout le soir, à l'heure du dernier train pour Paris), j'étais tombée sur un long article consacré à ce « cancer du bâtiment ». La mérule, avais-je alors compris, s'épanouit particulièrement bien en milieu humide, et se nourrit de bois. En Bretagne, avais-je lu, sidérée, oubliant de finir mon omelette, manquant rater mon train, la mérule avait récemment eu la peau d'un grand manoir en seulement trois mois. J'avais immédiatement téléphoné à mon père pour le supplier (je ne me souviens pas l'avoir jamais supplié aussi sérieusement de faire quoi que ce soit, je n'en ai pas eu souvent l'occasion, c'était un père très permissif), le supplier d'intervenir de toute urgence. Le déni, ça aussi je l'ai appris depuis, ça peut se payer cher : depuis qu'elle avait pour la première fois pointé son oreille, la mérule, chez nous, avait bien prospéré. En gros, un tiers de la façade, côté mer, était pourri. La poutre maîtresse notamment était atteinte. Il fallait lui substituer une poutrelle métallique, sacrifier une partie des planchers, les remplacer dans plusieurs chambres par du carrelage et, pour assurer une ventilation maximale, créer une sorte de vide sanitaire entre le mur extérieur et la cloison intérieure (en placoplatre). Les matériaux d'origine n'ont jamais garanti l'intimité des occupants de la maison, mais après la mérule, ça ne s'est pas arrangé : de la chambre où a d'abord poussé une oreille, on entend, ce devait être un signe, jusqu'à la chute d'une chaussette sur le sol de la chambre du dessus. Enfin, histoire d'éviter toute récidive, on a pulvérisé partout un fongicide très puissant dont je préfère ne rien savoir de la composition.

Mon père avait dû supplier à son tour architecte, maçon et menuisier pour que la maison soit prête, en juillet 2002, à accueillir enfants et petits-enfants. Pendu à son téléphone, devinant, depuis Paris, lorsqu'il parvenait à joindre l'un d'entre eux, que le chantier, comme tous les chantiers, avait pris du retard, il a fini par monter dans le train pour Granville, la première semaine de juillet. Je crois (je n'en suis pas sûre) qu'il a dormi une nuit à bord de son bateau (la maison était inhabitable). Je me souviens de son coup de fil, de sa voix consternée : non, elle ne le serait pas avant plusieurs semaines, il fallait nous organiser, passer nos vacances ailleurs. J'étais un peu contrariée, sans doute, mais j'ai évidemment tout oublié de cette courte contrariété, lorsque au milieu de la nuit suivante j'ai reçu un autre coup de fil, m'apprenant qu'il avait eu un malaise dans le train qui le ramenait de Granville à Paris, qu'il s'était rendu directement aux urgences de Cochin et qu'on le transférait à la Salpêtrière pour y être opéré d'une dissection de l'aorte : sa propre poutre maîtresse n'avait pas résisté au spectacle de la maison éventrée, le « pronostic vital », comme on dit, était engagé.

Lorsque, fin juillet, mon père a quitté le service de réanimation sain et sauf, j'ai pris seule le Paris-Granville pour découvrir le chantier le plus bâclé de toute l'histoire des victimes de la mérule. Le salon où vous pénétrez maintenant revient de loin.

Ses volets sont tous ouverts. Qu'on vienne d'arriver dans la maison ou soit sur le point de la quitter, ils ne restent jamais fermés longtemps. Tout au plus, ceux de la porte-fenêtre, à l'ouest, qui donne sur l'étroite terrasse en ciment, sont-ils sommairement rabattus une heure ou deux lorsqu'il fait grand soleil mais qu'un ou plusieurs irréductibles occupants regardent la télévision plutôt que d'aller « jouer dehors ».

Laissons de côté la question de l'heure à laquelle vous, vous passez la double porte vitrée aux carreaux obscurcis par la crasse, et celle du temps qu'il fait alors, vous commencerez votre exploration de nuit : qu'il y ait ou non du soleil, la luminosité risquerait de vous distraire, et le salon requiert toute votre attention.

Admettons aussi que vous choisissiez de le visiter d'abord tel qu'il était dans les années 1980, bien avant la mérule : je sais, vous en avez marre d'aller dans l'entrée reproduire ou modifier l'aspect qu'avait alors le départ de l'escalier, marre de trimballer des bottes en caoutchouc, une cloche et un paillasson, mais l'ordre chronologique, comme avec le ping-pong transformé en bibliothèque, est parfois souhaitable lorsqu'on raconte une vie, y compris celle d'une maison.

La pièce où vous pénétrez a la forme d'un hexagone irrégulier. En face de vous, au fond, au lieu de se terminer tout bêtement en rectangle, elle se la joue un peu : deux pans coupés, chacun pourvu d'une étroite fenêtre donnant l'une au nord-ouest, l'autre au nord-est, encadrent une deuxième porte-fenêtre (en plus de celle donnant sur l'étroite terrasse en ciment, à l'ouest) qui, dans les années 1970, restait souvent ouverte sur une petite véranda prolongeant la maison au nord.

La véranda ne figure pas sur la reproduction du tableau d'un peintre célèbre accrochée au-dessus du portemanteau de l'entrée, qui représente peut-être la maison, mais ça ne veut rien dire : en 1991 (telle est la date du tableau, ajoutée au pinceau en haut à gauche de la toile), la véranda avait depuis longtemps été emportée par une tempête. N'en reste que le socle lui aussi hexagonal, carrelé et envahi par les massifs de fusains, moins déplumés ici que côté mer. On n'ouvre plus jamais la porte-fenêtre qui menait à la véranda. Mais, s'il y a près de quarante ans qu'elle a disparu, et que tous ceux qui l'ont connue se sont habitués à son absence, son fantôme hante toujours cette extrémité du rez-de-chaussée, à l'opposé des rayonnages couverts de Folio, dans la bibliothèque, derrière vous, au sud.

Avant l'été de la boum dans la cave aux ampoules coloriées en rose, la véranda était précieuse, lorsqu'on montait des spectacles de théâtre amateur avec les cousins. On pouvait y situer certains jeux de scène, à l'arrière-plan du bout de salon tarabiscoté où se jouait l'action principale, devant un public essentiellement familial (mais la famille de mon père est extrêmement nombreuse) entassé sur les chaises de salle à manger installées là pour l'occasion. On pouvait surtout s'en servir de coulisses, en espérant que les plus jeunes des cousins recrutés dans la troupe n'auraient pas la mauvaise idée de quitter les recoins (de part et d'autre de la porte-fenêtre grande ouverte, où ils attendaient dans la véranda, dissimulés et pouffant, le moment de se montrer et de dire l'unique réplique qu'on avait ajoutée au texte de la pièce à leur intention), de quitter leur recoin pour épier l'assistance, jeter un coup d'œil mi-inquiet mi-confiant à leur mère (qui peut-être d'ailleurs pense à tout autre chose, cet été-là, et leur sourit machinalement).

Le salon est, de toutes les pièces de la maison, celle qui mérite le plus (méritait, en tout cas, avant la mérule) le label « Art nouveau ». Mais la disparition de la véranda, puis les séquelles de l'opération anti-mérule ont rabattu ses prétentions. Son plafond est maintenant un polygone dont l'irrégularité bat des records.

Ses deux portes-fenêtres étaient, à l'origine, encadrées de chambranles en bois blanc surmontés de frises, elles-mêmes ornées de moulures aux formes végétales. Je dis « à l'origine » parce que le remplacement de la poutre maîtresse par une IPN métallique et l'évidement de la façade ont modifié les proportions du salon, à l'ouest. La porte-fenêtre donnant sur la terrasse, par laquelle mon père sortait un fauteuil en osier pour lire les épreuves d'un roman de la rentrée et profiter du soleil quand même, les jours d'été où il n'y avait pas tout à fait assez de vent pour aller aux îles Chausey, a perdu ses chambranles, frise et moulures végétales Art nouveau. Lorsque je suis retournée ausculter la maison, fin juillet 2002, toutes les boiseries côté mer, peintes en blanc comme dans la salle à manger (chambranles, frises, mais aussi lambris d'appui), qui avaient été « déposées » pour venir à bout de la mérule, et dont apparemment personne ne s'était dit qu'on pourrait éventuellement les remettre en place après l'opération (ou bien y avait-il sur ce chantier quelqu'un de tout à fait allergique au style Art nouveau ?), gisaient, en partie démolies, sur le sol du jardin, côté mer, comme si on s'était contenté de les arracher et de les jeter là, au pied de la terrasse. Mais quand on vient de passer trois semaines à rendre visite deux fois un quart d'heure par jour à un père dont le torse a été ouvert en deux (le cœur et les poumons eux aussi « déposés » durant les heures passées à rafistoler son aorte) et que, tout couturé qu'il est, ce père est de nouveau capable de vous accueillir par une blague, on a tendance à se foutre aussi un peu du style Art nouveau.

Heureusement, les deux colonnes hautes d'un mètre trente environ, et leurs chapiteaux corinthiens – accessoires magnifiquement inutiles, grotesques aux yeux de certains, majestueux aux miens –, ont survécu, comme mon père, à l'été de la mérule. Pendant les travaux, elles avaient juste été mises à l'écart, c'est-à-dire sorties par la porte-fenêtre nord et laissées dehors, sur le socle de l'ancienne véranda, là où d'ailleurs elles avaient passé plusieurs décennies (j'y pense, elles sont sacrément résistantes, ces colonnes, pour avoir bravé la tempête qui avait emporté la véranda), et rendaient uniquement service lors des représentations théâtrales où elles honoraient pleinement leur fonction décorative.

Lorsque vous pénétrez dans le salon, nous sommes dans les années 1980, ignorons encore jusqu'au mot de mérule, les boiseries sont intactes, même si les colonnes ont déjà été rapatriées au fond de la pièce, de part et d'autre de la porte-fenêtre derrière laquelle flotte le fantôme de la véranda, leur chapiteau corinthien surmonté d'un cache-pot en osier tressé contenant un palmier en plastique poussiéreux : ma mère, en rénovant la maison dans les années 1970, a joué gaiement le style Art nouveau. C'est elle aussi qui a choisi le papier peint posé sur les portions de murs libres, entre les nombreuses fenêtres et portes-fenêtres, au-dessus et autour de la cheminée, côté est, au simple manteau de bois blanc. Papier peint que vous connaissez peut-être pour l'avoir repéré dans plusieurs films situés vers 1900 (à la fin de l'adaptation par Scorsese du *Temps de l'innocence* d'Edith Wharton, par exemple). Ce sont des chrysanthèmes dessinés par William Morris au XIXe siècle, et ma mère les avait choisis verts, profitant d'un moment où ils étaient encore abordables. Lorsque je suis entrée dans le salon, fin juillet 2002, avant de découvrir les cadavres des boiseries jetés dans le jardin, je savais déjà qu'on ne pourrait pas sauver le papier peint, et qu'on n'aurait pas les moyens de remettre le même : il avait atteint des prix astronomiques. À sa place, sur tout le côté ouest, les cloisons de placoplatre qui devaient assurer l'aération optimale de la façade étaient nues, et d'un turquoise éblouissant.

Ma mère a joué le style Art nouveau, mais pas jusqu'au bout : le mobilier du salon, pour le reste, est, encore aujourd'hui, très années 1960-1970. Le tapis aux longs poils de laine blanche (puis jaunasse, puis tout à fait grise), tapis que j'ai allègrement décidé d'exiler au grenier, ce même après-midi de juillet 2002, trône encore, lorsque vous franchissez le seuil, au milieu de la pièce (avec ses longs poils dignes, eux, d'un film de Buñuel époque pompidolienne), devant la cheminée, entre les deux grands canapés de cuir marron, peu profonds et sans accoudoirs, beaucoup moins propices à la sieste que le velours rouge de la bibliothèque, et qui font plutôt office de bancs : les soirs d'hiver (ou d'été trop pluvieux pour prendre l'apéro dehors), peuvent s'y asseoir côte à côte un nombre impressionnant d'adultes et d'enfants amateurs de bulots (non, ça n'existe pas, les enfants amateurs de bulots, eux s'entassent là pour l'ambiance). Canapés increvables, plus âgés que moi, dont le cuir a séché mille fois après que les mêmes enfants ou adultes s'y sont affalés sans avoir pris la peine de changer de maillot de bain, en remontant de la plage, aux coussins imbibés de crème solaire et dont les coutures fatiguées sont incrustées de grains de sable. Poils jaunasses du tapis dont la profondeur dissimule des carcasses de crevettes grises, des peaux d'andouille et sans doute bien d'autres secrets aux odeurs salées. Table basse entre les canapés, autres petites tables de part et d'autre de la cheminée, en plastique moulé noir, lampes aux pieds ovoïdes et blancs : je me demande ce que William Morris aurait pensé de ce mélange audacieux.

Il n'y a pas moins de trois miroirs, dans ce salon, mais aucun qui permette de se regarder vraiment. Le plus grand, rectangulaire, accroché à la cloison est au-dessus de la cheminée, est posé sur des tasseaux mais retenu par une corde si lâche, si mal ajustée au mur, qu'il s'incline dangereusement vers l'avant, et on ne peut donc y voir, lorsqu'on se tient debout devant la porte-fenêtre qui donne à l'ouest, séparé de la cheminée par la table basse et les canapés de cuir buñuélo-pompidoliens, que ses jambes. C'est la partie de mon corps que je déteste le plus, mais l'inclinaison même de ce miroir a tendance à affiner ce qu'il reflète, j'ai donc une très ancienne tendresse pour lui. Il faut dire que j'ai passé dans ce salon des heures (mises bout à bout, peut-être plusieurs dizaines), les soirs d'été, de 1984 à 1989, à attendre le moment de partir pour la discothèque d'Hauteville-sur-Mer, et sans doute jamais attaché autant d'importance à mon apparence physique, ni nourri autant de doutes à son sujet que ces soirs-là. Je savais bien que l'inclinaison (et l'éclairage, qui a toujours été insuffisant dans ce salon : pas de lanterne chinoise au plafond ici, des guirlandes, oui, mais ça n'éclaire rien, et elles n'avaient même pas encore été installées, à l'époque où vous découvrez le salon) me flattait. N'empêche. Ce sont de bons souvenirs, c'est déjà ça.

En face de vous, de chaque côté de la porte-fenêtre (au nord, qui donnait autrefois sur une véranda), aux panneaux qui la séparent des pans coupés pourvus chacun d'une étroite fenêtre, ma mère a suspendu une paire de miroirs chinés aux puces de Londres, étroits eux aussi : à même la glace, peints à la main, des cygnes asymétriques s'inclinent les uns vers les autres, mais de loin (une porte-fenêtre et un fantôme de véranda les séparent), se saluent ou se jaugent avec une absence d'emphase toute cycnoïde (ou britannique), délicatement posés sur des étangs, entourés de nénuphars et surmontés de roseaux également pâles, graciles et dorés. En plus d'être aux deux tiers masqués par ces motifs, les colonnes corinthiennes et leurs palmiers en plastique les dissimulent à moitié : autant dire qu'ils ne servent pas à s'y mirer. Ils ne servent à rien d'autre d'ailleurs, pas plus que les colonnes ou les palmiers en plastique, qu'à faire joli. Avant la mérule, ce décor de feuilleton BBC et ses enjolivements superflus étaient parachevés par la présence, en dessous des cygnes de gauche, fixée au lambris d'appui blanc, d'une large vasque de jardin volutée où ne coulait aucune eau, et où ma mère avait disposé, avec la même touche de second degré que les palmiers en pot des colonnes, une fougère en plastique dont les tiges poussiéreuses débordaient de la vasque avec la même élégance nonchalante que les cous des oiseaux, au-dessus. (Après la mérule, lorsqu'on a essayé de remettre en place cette vasque, elle s'est révélée incroyablement lourde, beaucoup trop en tout cas pour être accrochée à du placoplatre. Elle a longtemps séjourné dans le garage, au fond du jardin, purgatoire équivalent à la cave, pour les plus encombrants des objets qu'on hésite à jeter. Actuellement, par exemple, c'est une vieille Twingo hors d'usage qui y vit en sursis.)

Non. Les seuls objets utiles du salon (en plus des canapés et de la table basse, support non seulement de plateaux d'apéro mais aussi de parties de jeux de société lorsqu'ils se jouent à beaucoup), dans les années 1980, ce sont la pendule, sur la cheminée (combien de centaines de fois interrogée du coin de l'œil, les soirs d'été où je vérifiais mes jambes dans le grand miroir incliné, et attendais que la fête commence), et la télévision, installée en face de vous, juste après la porte-fenêtre qui ouvre sur la terrasse, au bout à gauche d'un des deux canapés qui barrent la pièce et se font face, perpendiculairement à la cheminée.

Avant d'examiner plus sérieusement ces deux appareils, finissons l'explo. Deux grands fauteuils en osier encadrent la porte-fenêtre ouest, côté mer. C'est sur l'un d'eux, indifféremment traînés sur la terrasse, que mon père s'asseyait pour lire, en short, sans crème ni lunettes solaires, et peaufinait son bronzage de blond (c'est-à-dire susceptible de brûler), ses lourdes jumelles posées par terre à côté de lui, qu'il sortait de leur étui de cuir noir, et y rangeait chaque fois soigneusement, pour s'assurer de l'identité d'un voilier qu'il avait cru reconnaître à l'horizon, revenant de Chausey.

Lorsqu'on entre dans ce salon, à droite et à gauche de la double porte vitrée qui le relie à la salle à manger, deux petites bibliothèques en bambou achetées par ma mère à la Compagnie française de la Chine et de l'Orient (une boutique, ouverte à Paris dans les années 1960, d'objets artisanaux exotiques qui se marient mieux que le buñuélo-pompidolien avec le style Art nouveau) croulent (littéralement : leurs planches sont toutes à moitié cassées) sous les livres, encore plus hétéroclites que dans l'ancienne salle de ping-pong, mais où – seul point commun à certains d'entre eux – l'on trouve pas mal d'ouvrages sur la Chine, justement. C'est que, dans ces années 1970 où mes parents, encore mariés, se sont installés dans la maison, la Chine s'ouvrait relativement, et qu'ils avaient envisagé de s'y rendre. Leur voyage ne s'est pas fait, et je ne sais pas s'ils ont sérieusement feuilleté ces essais ou sommes érudites (le tome I d'une *Histoire de la révolution culturelle prolétarienne chinoise*, *La Construction du socialisme en Chine*, *La Longue Révolution*, *La Santé mentale en Chine*, *Un village de la Chine populaire* : je vérifie leurs titres pour la première fois et j'ai les doigts poisseux de poussière en les tapant sur le clavier de mon ordinateur) : mes parents étaient des présoixante-huitards, n'avaient jamais cru au maoïsme, mais ils avaient préparé ce voyage en élèves appliqués (s'étaient du moins appliqués à caser dans leurs bagages les livres en question, probablement prélevés dans les paquets que mon père, critique littéraire, recevait chaque matin à Paris, et avaient envisagé de passer leurs vacances normandes à les lire, en attendant).

Enfin, sur votre droite, juste avant la cheminée, il y a une porte. Ses carreaux vitrés sont obstrués de l'intérieur par une tenture représentant les mêmes « Chrysanthèmes » de William Morris que le papier peint. Comme, d'après vos repères, la cuisine doit se trouver derrière, vous vous demandez si les deux pièces communiquent. Mais ce n'est pas l'encombrement de l'évier que ce tissu victorien dissimule, comme vous le découvrirez en observant que cette porte est dotée d'une serrure qui brille légèrement lorsque vous pointez votre souris dessus, dont la forme pourrait bien s'adapter à l'une des clefs que vous avez récoltées dans votre inventaire et qui, oui, bien vu, fonctionne parfaitement.

C'est un autre fouillis que celui des casseroles, que dissimulent les Chrysanthèmes. Le contenu du « placard du salon » a vocation à varier. Il constitue, en partie, une étape préliminaire au purgatoire de la cave (ou, directement, à la déchetterie). Seuls certains jeux de société y ont toujours eu leur place attitrée.

Dans les années 1980, je dirais qu'y était remisée une antique chaîne hi-fi (ampli, platine vinyle, baffles). J'ai exagéré en écrivant plus haut que la bibliothèque avait longtemps été la seule pièce de la maison où on écoutait de la musique (avant l'apparition des playlists, des smartphones et des enceintes miniatures). On en écoutait parfois dans le salon, à l'époque où la bibliothèque était encore un ping-pong. Dans mon souvenir, mes parents ne possédaient que deux ou trois 33 tours : un de

Joan Baez, un de Nino Rota, et *Changez tout*, le deuxième album de Michel Jonasz, que ma mère (pourtant pas passionnée par la variété française en général) passait en boucle, l'été 1975. En plus de cette chaîne hi-fi cassée, le placard, de mémoire, renfermait aussi dans les années 1980 un ensemble à cocktail. Même s'il servait peu (mes parents ne buvaient pas souvent de cocktails), c'était une vraie curiosité esthétique : un plateau en osier vert cru, garni de verres et d'un seau à glace dissimulés dans des gaines en plastique (pour garder les cocktails et les glaçons au frais) vertes ou blanches, imitant l'écorce de l'ananas, la gaine du seau à glace complétée par un couvercle en fausses feuilles d'ananas. Tropical. Très années 1970. Dans le placard, on n'avait sans doute rangé que le plateau et les gaines, les verres, eux, servaient tous les jours, ou avaient été cassés. D'un long séjour à la cave, seul le seau à glace a été exhumé (par la femme de mon frère qui est une grande pro des cocktails, elle), et il a retrouvé sa place d'origine – les gaines des verres ont dû finir à la déchetterie.

Engaillardis par ce premier succès (l'une des clefs récoltées dans le placard de la cuisine vous a ouvert celui du salon), vous cherchez une autre serrure : il y en a bien une, que vous mettrez peut-être un certain temps à repérer.

J'ai complètement oublié s'il y avait des tableaux, dans le salon, avant la mérule. Ce dont je me souviens en revanche très nettement, c'est de la pendule de cheminée Art déco, et de ses « cassolettes ». Encore des objets parfaitement inutiles, ces bibelots assortis qui flanquaient la pendule, aux mêmes formes géométriques et incrustations vertes et noires (donnant à l'ensemble, prétendait mon père, une vague ressemblance avec les portraits du Führer : les barres noires des cassolettes incrustées de biais évoquant sa mèche, celle de la pendule, verticale et droite, sa moustache). Le cadran et les aiguilles étaient protégés par un volet de verre qu'il fallait ouvrir quasi quotidiennement pour remonter la pendule : c'est là que se trouve la seconde serrure que vous espériez, et, oui, votre seconde clef s'y imbrique parfaitement. Vous êtes contents : vous pouvez maintenant remettre le mécanisme en marche.

On les a volées, pendule et cassolettes, à l'époque où la maison était cambriolée presque tous les ans, où disparaissaient chaque fois des babioles inutiles et invendables, dont, bien sûr, le téléviseur en noir et blanc, unique objet de valeur de la maison (à l'époque où un téléviseur, même ancien, méritait qu'on risque pour lui un cambriolage). Le téléviseur était régulièrement remplacé, par un modèle chaque fois plus bas de gamme, ce qui n'avait pas beaucoup d'importance, dans une maison où on ne regardait que les infos ou des vieux films en noir et blanc.

Les programmes proposés par les deux puis trois chaînes nationales favorisaient alors, pendant les vacances, l'éducation cinéphilique des jeunes. J'ai vu beaucoup de classiques, enfant, dans ce salon. À vingt heures trente l'été, en fin de journée l'hiver. Les grandes personnes faisaient entièrement confiance aux programmateurs. Le label « classique » suffisait. J'ai par exemple découvert *Sunset Boulevard* à l'âge de huit ans, une après-midi de décembre. Assise par terre à trente centimètres de l'écran, à moitié blottie contre l'angle du canapé de cuir, le son réglé très bas, consciente qu'il valait mieux qu'on m'oublie là, en ces jours bousculés où ma mère avait dû partir en urgence au chevet de son père mourant. Le mien ne se souvenait sans doute plus de l'intrigue du film de Wilder, et je ne sais pas si j'en avais moi-même tout compris (j'avais beau être précoce, je ne savais sans doute pas ce qu'était un gigolo). Jusqu'à mes seize, dix-sept ans, le salon est surtout lié à des souvenirs de télévision (les classiques, et quelques feuilletons autorisés : *Sergent Anderson*, *Dallas*).

Avant que ne viennent les longues soirées passées à l'arpenter, m'arrêtant en face de la cheminée pour vérifier du même coup d'œil mes jambes dans le miroir incliné et l'heure sur la pendule, puis m'approchant prudemment (surtout n'être pas vue) de l'étroite fenêtre au nord-est, entre la cheminée et l'ancienne véranda, la seule d'où je pouvais guetter les pinceaux de phares qui remonteraient bientôt la courte allée (étés d'avant mon permis de conduire). Les soirs de particulière impatience, j'ai même dû les guetter carrément depuis la cuisine, plongée dans le noir, et d'où je verrais la voiture arriver de plus loin encore.

L'impatience n'impliquait pas forcément la personne du conducteur. On ne savait même pas toujours qui passerait vous chercher, parmi tous les jeunes gens, généralement parisiens, qui se dévouaient pour assurer cette variante de ramassage scolaire : arrêts fréquents et passagers vêtus à peu près du même uniforme (jean, tee-shirt propre et bien repassé, un pull de lambswool rapporté de Jersey noué sur les épaules ou autour des hanches, chaussures plates et légères) qui s'entassaient dans la voiture et reprenaient en chœur des airs niais (les tubes de l'été), pas très différents d'écoliers de classe primaire. On dansait ensuite jusqu'à 3 h 45 (horaire de fermeture inflexible de la discothèque d'Hauteville-sur-Mer, rituellement annoncé par « La vie en rose » version Grace Jones), achetait la première fournée de pains au chocolat, avant même son ouverture, d'une boulangerie de Granville, échouait dans les fauteuils rouges de la bibliothèque autour d'une bouteille de calva, jusqu'à ce que l'aube (tardive et pas belle, sur cette côte ouest) chasse la bande et réveille mon père, levé tôt pour travailler au calme. Des fêtes assez feuilletons BBC, au fond. Gentillettes, bien élevées, toujours un peu décevantes.

Et pourtant, certains après-midi couverts, surtout cet été en écrivant ce livre, lorsque je roule le long de la côte et que l'autoradio diffuse un tube de 1984, je retrouve l'excitation de jadis : il fait gris, mais qu'importe ? Les journées comptent pour rien, elles se traînent de toute façon à attendre le soir, le choix du pull qu'on nouera autour des hanches, les pinceaux des phares obliquant dans le jardin.

Contrairement à la chaîne stéréo de la bibliothèque, restée le plus souvent bloquée dans les années 1980, la télé du salon permet rarement de remonter dans le temps. Bien sûr, des générations d'enfants continuent d'y découvrir des classiques, et renvoient alors brièvement leurs parents – interrompant leur dîner pour venir, debout derrière les dos du canapé et de leurs petits, en revoir leur scène préférée – à leur propre première *Mort aux trousses*, ou *Sissi impératrice*, dans ce même salon, plusieurs décennies plus tôt.

Il y a quelques semaines, j'avais déjà commencé à écrire ce livre, ici, dans le salon, lorsqu'un soir, tard, où je n'ai pas éteint tout de suite la télévision à la fin de l'émission que je regardais (quelques minutes passées peut-être à remettre une bûche dans la cheminée), a soudain résonné la musique du générique du « Cinéma de minuit », si souvent regardé dans ce salon. La même musique et le même générique que dans mon adolescence. Je ne savais pas que l'émission était toujours programmée, sur une autre chaîne du service public, et un autre jour de la semaine. La musique de Francis Lai, violoncelle et guitare, jouée dans la seconde version, plus suave et plus fluide, des années 1980, et le montage qui avait succédé à l'originel (des paires d'yeux de stars en très gros plan qui se fondaient et s'enchaînaient à un rythme trop rapide pour qu'on puisse toutes les identifier) et proposait, toujours trop vite, au spectateur, d'autres combinaisons à résoudre : deux profils de stars, un homme et une femme, un couple, photogramme d'un film d'amour mythique du cinéma hollywoodien ; puis l'image se brise et un autre acteur, à droite, continue de fixer le profil de femme, à gauche, inchangé, qui à son tour se transforme, la même actrice mais maintenant accordée à son nouveau partenaire, reconstituant un autre couple mythique ; photogramme authentique perturbé, à son tour, par la substitution d'une nouvelle actrice, à gauche, venue d'un autre film d'amour mythique, dont la coiffure et le col de la robe, malgré le noir et blanc et la fluidité des fondus enchaînés, s'intègrent mal au plan, jusqu'à ce que son partenaire, d'abord vêtu et coiffé encore comme dans le film précédent, face à une actrice différente, la rejoigne dans le même espace-temps, tiré d'un troisième film d'amour mythique ; et ainsi de suite. Puis la voix saccadée et ses modulations étranges, à peine plus chevrotantes que dans ma jeunesse, de Patrick Brion, présentant (pour la combientième fois de sa carrière ?) *La Vie privée d'Elisabeth d'Angleterre* (Michael Curtiz, 1939).

Exceptions, que ces voyages dans le temps. La télé du salon reflète le présent : on y regarde les films, les feuilletons, les émissions du moment. Fin février 2018, dans cette semaine froide où nous avons joué à *Rusty Lake : Hotel*, le visage de mon frère, mort trois mois plus tôt d'une crise cardiaque, est apparu un soir sur l'écran. Je savais en regardant, ce soir-là, ce programme-là, que ce bref hommage lui serait rendu : son visage, quelques secondes sur l'écran, a disparu plus vite encore que ceux des stars du générique du « Cinéma de minuit », pour qu'un autre défunt lui succède, son visage dans ce salon de la maison de Saint-Pair, où je l'avais vu vivant pour la dernière fois.

Du salon tel qu'il était, autant que je m'en souvienne, dans les années 1980, vous avez maintenant fait le tour. Pour achever votre explo, il vous faut avancer dans le temps (retourner dans l'entrée, activer les paillasson, cloche, bottes jaunes, etc.).

Quelles sont les traces, aujourd'hui, du passage de la mérule ? Les lambris tarabiscotés, arrachés et jetés dans le jardin pendant les travaux n'ont jamais pu être reposés : l'installation de la poutrelle métallique a modifié les proportions du plafond, tout le long du mur ouest ; même déposée et conservée plus soigneusement, la frise aux moulures végétales qui surmontait la porte-fenêtre n'aurait pu y retrouver sa place. On a fini par faire fabriquer des lambris d'appui blancs identiques à ceux qui courent du côté est de la pièce, histoire de rétablir un minimum de symétrie, mais les mesures ont été prises hâtivement, et les neufs sont sensiblement plus bas que les autres (beaucoup plus blancs, aussi, plus jeunes de trente ans). Les Chrysanthèmes de William Morris étaient devenus hors de prix. Il a fallu quelques saisons, le temps que mon père se rétablisse et que toute la famille se soit mis d'accord, pour que le placoplatre turquoise soit recouvert d'un nouveau papier peint. Un été entier (probablement en 2003), plusieurs échantillons différents sont restés punaisés sur la cloison de placo, et chacun, membre de la famille ou habitué de la maison, était invité à se prononcer, à désigner son favori pour succéder à l'ancien. Je les avais sélectionnés avec l'aide de ma mère. Même si elle n'était pas revenue dans la maison depuis des années, son avis continuait à y faire autorité en matière de décoration, surtout dans ce salon qui reste à ce jour, à mes yeux, son chef-d'œuvre. Les quelques échantillons (élus au terme d'une longue consultation de liasses, feuilletées à quatre mains, les piles de lourds classeurs grandissant autour de nous, courbées sur le comptoir du magasin de papiers peints parisien) avaient tous en commun d'évoquer au mieux (et à moindres frais) nos Chrysanthèmes : fleuris, verts, et rétro. Très « Agatha Christie », avait tranché mon frère, cet été 2003, en validant celui qui avait déjà remporté le plus de voix. Mais différent, bien sûr. Ne vous étonnez donc pas en remarquant que l'intérieur du placard du salon est toujours masqué par la tenture d'origine : ce détail, et un coussin du même tissu, sont les seuls rescapés, les seules reliques de l'ère William Morris, chéris par les plus passéistes d'entre nous.

Aucun ne regrette en revanche le tapis aux longs poils jaunâtres que j'ai pris l'initiative de remiser au grenier, et remplacé par un carré de coco bordé d'un galon gris-vert qui abrite moins de carcasses de crevettes, de peaux d'andouille et d'autres secrets aux odeurs salées.

Quelques meubles, quelques tableaux ont changé (dons de ma mère ou de celle de mon frère, lorsqu'elles ont vendu leur maison de campagne respective). La table basse par exemple, malgré son design années 1970 buñuélo-pompidolien, n'est pas d'origine. Je dirais qu'elle a atterri ici après la mérule, mais je ne sais pas très bien d'où elle vient : de la mère de mon frère sans doute. C'est un immense parallélépipède de bois laqué noir, très lourd, couvert d'une plaque de verre. Pour lui conférer une touche de couleur locale, quelqu'un (mon frère, je suppose) a disposé sous la plaque de verre une carte hydrographique de la Marine éditée en 1952, similaire à celles qui décorent la bibliothèque, et qui représente, à beaucoup plus petite échelle, forcément, toute la partie ouest de la Manche, de Brest à Cherbourg et des îles Scilly à l'île de Wight. Elle est très utile lorsque de nouveaux invités s'intéressent (ou feignent de s'intéresser) à la localisation exacte de Saint-Pair, qui y figure, tout en bas, dans le coin de droite. Le soir de leur arrivée, on écarte pour eux les bols de mayonnaise et de carcasses de crevettes, les verres déjà à moitié bus que l'apéro a éparpillés sur la table en verre, et on leur explique la baie, les îles, la côte anglaise, tout ça qu'ils écoutent et retiennent, ou non, selon leur degré réel de passion pour la géographie et leur alcoolémie lorsqu'ils ont posé la question.

La pendule que mon regard embrassait en même temps que mes jambes dans le miroir, au-dessus de la cheminée, et que des cambrioleurs ont peut-être réussi à refourguer, avec ses cassolettes, pour quelques dizaines de francs, dans les années 1990, a été remplacée, je ne sais plus quand ni par qui, par un modèle pensé comme équivalent (cassolettes comprises) : d'inspiration Art Déco, son marquetage de faux marbre géométrique évoque moins Hitler qu'un fromage persillé aux veinures bleuâtres.

Un stock de bûches encombre les angles de l'hexagone intact, au nord-est du salon, à l'endroit exact d'où je me tenais pour surveiller l'allée et guetter l'apparition des phares, les soirs de fête. On fait plus souvent du feu que dans ma jeunesse, hiver comme été.

Les deux petites bibliothèques chinoises croulent toujours sous les mêmes livres, auxquels se sont ajoutés des dizaines de DVD aussi variés que les âges ou les goûts des résidents.

Vous connaissez maintenant toutes les pièces du rez-de-chaussée. Et vous êtes en possession de deux clefs. L'une, même si la pendule n'est plus la même, s'adapte toujours à la serrure située sur le cadran, protégée par un volet vitré, et vous permet d'en remonter le mécanisme. Vous pouvez aussi en bouger les aiguilles, ce qui, dans l'hypothèse où vous sauriez l'heure qu'il faut qu'elle indique pour progresser dans le jeu, devrait vous servir. En revanche, celle qui ouvrait autrefois le placard du salon ne fonctionne plus. Elle pourrait, elle devrait vous y donner accès, mais je préfère vous en décrire moi-même l'intérieur. Ce que contient aujourd'hui ce placard, outre le même stock de jeux de société que dans les années 1980 (à peine augmenté de quelques nouveautés), outre les cadeaux aussi luxueux, superflus et rarement utilisés que l'ancien ensemble à cocktails tropical, offerts par des invités de passage (sets de table, verres à shots, etc.), et la grande boîte à outils achetée et installée là un de ces derniers étés par mon frère, qui favorise davantage les pulsions des bricoleurs que lorsqu'il fallait aller chercher le matériel à la cave, outre ce bric-à-brac prévisible il y a donc dans ce placard de nombreux papiers plus ou moins intimes, la plupart importés dans la maison après la mort de mon père, et qui, s'il venait un jour à quelqu'un l'envie de s'y plonger (ce que personne presque jamais ne fait, même si les étiquettes collées sur les tranches de certains dossiers stipulent « Après-midi pluvieuses à Saint-Pair », écrites de la main de sa dernière compagne), révéleraient des secrets minuscules qui ne m'appartiennent pas. Admettez que ce placard n'a pas vraiment besoin de vous être ouvert, et concentrez-vous sur ce qui vous reste à découvrir derrière les portes, dans les étages.

Pour cela, il faudrait que vous déclenchiez quelque chose. Que les portes, là-haut, s'ouvrent. Que les volets, partout dans la maison, s'ouvrent eux aussi, enfin, et vous laissent, comme brièvement tout à l'heure dans la bibliothèque, apprécier cette maison de marins désormais privée de marins, dépourvue de bateau à l'arrière-plan.

Mise au point tardive avec Jules sur la définition exacte d'un *escape game*. Nous ne sommes pas d'accord. Jules (qui est capable de vous faire un cours sur un grand nombre de sujets, et notamment sur les jeux vidéo) commence par me rappeler (il me l'a déjà expliqué mais, depuis que je pense à ce livre, j'ai tendance à ne pas l'écouter attentivement lorsqu'il m'enseigne l'histoire des jeux vidéo, distraite par l'usage que je pourrai en faire) que les premiers jeux vidéo d'aventure graphique ont été inventés dans les années 1980 (ce qui cadre bien avec le passé déjà lointain où je situe en partie votre exploration de la maison). Ensuite, et c'est là que nos avis divergent, il entreprend une classification des jeux que je connais (et que j'ai tous tendance, pour ma part, à considérer comme des *escape games*). Ma définition, selon lui, est beaucoup trop extensive : un jeu d'aventure où l'espace à explorer est vaste, comme une île, ou une planète (voire un archipel, un ensemble de planètes) n'est pas un *escape game*.

Mais puisqu'il s'agit, même lorsqu'on explore un archipel, de résoudre des énigmes pour se déplacer d'un lieu à un autre, ou d'une époque à une autre, et que ces lieux sont, avant la résolution de ces énigmes, des lieux clos, je campe sur mes positions : ouvrir successivement les pièces de ma maison, franchir un à un ses seuils et libérer chaque fois un pan de sa mémoire, relier ces fragments d'histoire entre eux, pour moi, c'est un *escape game*. Sans doute parce que j'écris ce livre pour me sortir d'une autre sorte de cage, de prison où m'enfermait la crainte de ne plus aimer écrire, ni cette maison.

(À Pâques dernier, j'ai voulu essayer de jouer à un *escape game* grandeur nature, et nous sommes allés jusqu'au barrage de la Rance – tout cela « pour le travail », qui a souvent bon dos – explorer, dans une aile de la gare maritime installée à côté du barrage, deux pièces aménagées de manière à ressembler au bureau d'un capitaine au début du XXe siècle, c'est-à-dire ornées de cartes marines et regorgeant d'objets poussiéreux évoquant la navigation, le tout assez semblable à l'intérieur de la maison que vous visitez. Or il avait beau y avoir plusieurs pièces – sans compter la dernière étape du jeu, à laquelle le temps imparti (une heure) ne nous a pas permis d'accéder par nos propres moyens, mais où le responsable de l'*escape game* nous a conduits et montré ce que nous aurions dû trouver : un vieux coffre au bout de l'embarcadère d'où partent les croisières sur la Rance – c'est-à-dire, selon Jules, un espace beaucoup trop vaste, il s'agissait d'un *escape game* grandeur nature. J'aime bien avoir raison.)

Quels objets de votre inventaire n'avez-vous pas encore utilisés ?

Un aspirateur.

Un déguisement de babouin.

Une méga-rallonge électrique.

Un tournevis.
Un marteau.
Un parasol.
Un tapis de gymnastique.
Une paire de jumelles.
Un annuaire des marées datant de 2017.

Vous avez maintenant suffisamment de recul, d'expérience. Vous avez constaté que les solutions, dans ce jeu, obéissent à une vague logique. Vous ne perdez plus de temps à faire faire des pompes au babouin sur le tapis de gymnastique. Vous tentez de bricoler un peu le parasol (qui n'est plus de première jeunesse) avec le marteau et le tournevis, et vous entendez des cliquetis prometteurs, mais rien ne se passe. Logique, en effet : avant d'aller installer votre parasol dehors, il vous faut ouvrir les portes-fenêtres et les volets, à travers lesquels la nécessité même d'un parasol n'est pas vérifiable. Vous pouvez toujours passer l'aspirateur. En le branchant à la méga-rallonge électrique, vous devriez arriver à atteindre tous les recoins du rez-de-chaussée, et ce ne sera pas du luxe, je vous le garantis. Si vous êtes un peu maniaques, ne vous gênez pas pour moi, mais je doute que cela débloque portes-fenêtres et volets.

Reste l'annuaire des marées de 2017. Un très petit fascicule constitué d'une cinquantaine de pages maintenues par deux agrafes et dont la couverture de papier glacé vert pomme précise qu'il est édité par le Comité des Pêcheurs Amateurs Granvillais, et qu'il contient les Réglementations et Horaires des Marées et de la porte du port de Hérel. Le port de Hérel a été inauguré en 1975 mais l'ancien port de plaisance de Granville, beaucoup plus petit, fonctionnait sur le même principe : comme dans un *escape game* (et là, tu es d'accord, Jules ?), il fallait attendre que la porte s'ouvre pour en sortir. Je m'aperçois aujourd'hui, en regardant de plus près cet annuaire des marées, qu'on devrait dire « la porte », mais dans la maison tout le monde a toujours dit « les portes », conférant ainsi une certaine majesté à l'intervalle d'une heure et demie environ où on pourrait prendre la mer. « – On va à Chausey demain ? – Ça dépend, les portes ouvrent à quelle heure ? » (Car la discothèque de Hauteville-sur-Mer ferme toujours à trois heures quarante-cinq du matin, elle.)

Les portes (je tiens à cette majesté du pluriel) du port de plaisance sont matérialisées, à l'entrée du bassin à flot où sont alignés les bateaux, par deux pylônes entre lesquels il faut passer pour gagner le large. Immergé, un seuil vertical bascule lorsque la mer est montée assez haut, et donne à la quille la profondeur nécessaire pour sortir du port.

Si vous feuilletez ce fascicule (ce que vous avez peut-être déjà perdu beaucoup de temps à faire lorsque vous cherchiez un « scrabble »), vous saurez très exactement, en plus des saints ou des saintes fêtés chaque jour de l'année 2017, à quelle heure les portes du port de Hérel s'y sont ouvertes et fermées (page de gauche), et à quelle heure, à quelle hauteur, et à quel coefficient les marées sont montées et descendues (page de droite). À quelle date de l'année 2017 remonter, pour progresser dans le jeu ? Et que faire des horaires indiqués pour cette date ?

Vous avez le droit de donner votre langue au chat. La réponse demande un effort de mémoire. Vous vous êtes déjà servi, il y a un moment déjà, de l'objet qui résoudra cette énigme-ci, et il n'est donc plus dans votre inventaire. Mais certains (certaines : le lectorat de *Elle* est majoritairement féminin) se souviennent sûrement du numéro de ce magazine qui, déposé dans les W.-C. des années 1980, leur a ouvert la porte de la salle à manger. Et qu'il datait aussi de 2017. Pour le retrouver, il suffit de voyager de nouveau dans le temps (entrée, paillasson, *Ouragan*, cloche, bottes en caoutchouc jaune) et de monter jusqu'aux W.-C. Vous avez beau cliquer sur le magazine, il reste obstinément arrimé au sommet d'une haute pile d'autres journaux aux pages gondolées par l'humidité. Mais, en caressant la molette de votre souris et en zoomant sur sa couverture, vous constaterez facilement que c'est le numéro sorti le 18 août 2017.

Ce jour-là, vous révèle l'annuaire des marées, était un vendredi, on y fêtait les Hélène, à Granville la mer était pleine à 4h32 et à 17h8, et le coefficient de la marée a atteint 57 le matin et 62 le soir. Vous pouvez maintenant quitter les années 1980 et retourner dans le salon. Sur la cheminée, vous attendent la pendule et, fichée au bas de son cadran, juste au-dessus du « 6 », la petite clef que vous avez dérobée dans le placard à balais de la cuisine. Vous avez oublié quelle heure elle marquait, lorsque vous avez vérifié qu'en tournant la clef on faisait repartir son mécanisme, et je ne sais pas combien de temps s'est écoulé pour vous depuis. Dans le doute, je vous conseille d'en manipuler soigneusement les aiguilles et de les placer à l'heure à laquelle je vous ai toujours souhaité d'ouvrir les volets pour la première fois : celle où la mer est pleine. Soit, le 18 août 2017, en mettant la grande très légèrement à gauche du « 5 » et la petite en face du « 8 ».

Seuls les volets se sont ouverts mais, croyez-moi, l'après-midi de ce 18 août il y a beaucoup de vent et il vaut mieux que les portes-fenêtres restent fermées. Un vent d'ouest rabat sur la plage de hautes vagues qui, depuis la porte-fenêtre de la salle à manger, laissent croire à un coefficient plus fort que 62, le chiffre plutôt moyen qu'indique l'annuaire.

J'ai pris avec deux préados le train pour Granville, arrivée 17 h 4. On était venu nous attendre à la gare. Le trajet en voiture est très court. Je suis probablement entrée dans la salle à manger quelques minutes après la pleine mer. L'heure, dans la maison qui abritait ce jour-là une dizaine d'estivants, nous compris, était bâtarde. Trop tôt pour l'apéro. Personne en cuisine. Personne tenté par une baignade. Un moment creux, passé dans les fauteuils en skaï vert, de part et d'autre de la porte-fenêtre, à regarder les vagues et les haies de fusains secouées par le vent. Bavardages joyeux sur l'été presque écoulé, qu'on se raconte mutuellement. Et puis l'heure du vin blanc, le poisson cuit au four dans une croûte de sel que mon frère doit briser à coups de marteau, au bout de la table scandinave.

Cette nuit-là, j'ai dormi dans mon ancienne chambre, celle que j'ai occupée le plus longtemps, de sept à vingt-deux ans environ. Le lendemain matin, restée seule avec mes deux préados, j'ai

– ou je n'ai pas – jeté un coup d'œil dans le jardin, vu ou non mon frère (le dernier de ceux qui partaient ce samedi-là à prendre la route, à moto, le side-car bourré de bagages) pour la dernière fois vivant.

Mon ancienne chambre

En 2006, quelques jours après l'enterrement de notre père, mon frère m'a proposé de déjeuner avec lui. C'était la première fois que nous déjeunions en tête-à-tête, au restaurant, à Paris. Jusqu'à mes dix-sept, dix-huit ans, nos presque neuf ans d'écart avaient limité nos relations. À Saint-Pair exclusivement ou presque, pendant les vacances, grandes ou petites, nous cohabitions sans partager beaucoup plus que la salle de ping-pong, et encore, pas assez longtemps à mon goût. Il préférait naviguer avec ses copains qu'avec sa famille, ne regardait jamais la télévision (en tout cas ni *Dallas* ni *Sergent Anderson*), nous avons fait des pâtés de sable, la fête et la grasse matinée à plusieurs années d'intervalle. Familiers, affectueux sans démonstration, nous nous croisions. Le reste du temps, son existence se manifestait presque uniquement sous la forme d'un grand poster, en noir et blanc, tiré d'une photo de lui et punaisé, avec d'autres, de ma sœur et de moi, au-dessus du lit de mes parents, dans leur chambre parisienne. Leur agrandissement avait altéré la définition de ces photos : j'ai complètement oublié nos visages, ne revois que les taches floues, étranges, qui les composaient.

Lorsque je suis enfin devenue une grande personne, nous nous sommes vus davantage, à Paris, où notre père nous invitait à déjeuner au restaurant, le dimanche. Plus tard, quand je fêtais l'anniversaire d'un de mes enfants, il restait après le départ des autres invités et on passait une partie de la nuit à boire du vin et du café en parlant je ne sais plus de quoi. J'avais chaque fois l'impression gratifiante et puérile d'être enfin considérée par un adulte comme une adulte. Dans ma tête, je restais la gamine négligeable tout juste autorisée à assister aux matchs d'après dîner, qui n'en revenait pas d'être ainsi montée en grade.

Ce déjeuner en tête-à-tête était donc une première. Je ne savais pas exactement pourquoi il me l'avait proposé, sinon, et c'était une raison suffisante, que nous venions de partager enfin vraiment, en assistant à sa mort, notre père. Nous nous sommes retrouvés dans une brasserie où je ne crois pas qu'il nous avait jamais invités ensemble à déjeuner le dimanche. Il m'y avait emmenée seule, souvent.

Notre petite sœur nous avait déjà annoncé qu'elle ne souhaitait pas garder sa part de la maison. Pour le reste, l'avenir était incertain. Le présent (la mort de notre père) prenait toute la place. L'avenir s'est précisé, à ma grande surprise, lorsque mon frère m'a demandé si je serais d'accord pour que nous reprenions tous les deux la maison. J'ai dû ressentir la fierté enfantine que m'avaient toujours procurée ses marques d'attention. Et je l'ai écouté me parler de la maison. L'une des choses qu'il a dit y aimer, et qui m'ont immédiatement convaincue que l'affaire était possible, que, sans nous l'être jamais formulé, nous l'aimions de la même façon, c'était qu'aucune chambre, là-bas, n'ait d'occupant attitré. Certains avaient leurs habitudes, leurs préférences, mais en leur absence toutes les combinaisons étaient permises.

Il n'empêche que, de sept à vingt-deux ans environ, sauf exception, je dormais au premier étage, au-dessus de la salle à manger, côté mer.

Je vous laisse aller vérifier en faisant un tour dans les étages : en même temps que les volets, presque toutes les portes se sont entrouvertes. Il y a du vent et il ne fait pas très chaud, ce 18 août, mais la lumière de fin de journée est belle, comme souvent ici. Ce n'est donc pas un mauvais moment pour poursuivre votre visite, en commençant par ma chambre de jeune fille.

Pour l'examiner telle qu'elle était lorsque j'étais moi-même une jeune fille, il vous faut de nouveau revenir en arrière. Vous savez comment. (Vous découvrirez bientôt un autre moyen, plus simple et plus efficace, de vous déplacer dans le temps, mais patience, pour l'instant vous en restez à la séquence « cloche-*Ouragan*-paillasson-bottes en caoutchouc jaune »).

Vous redescendez pour cela dans l'entrée et êtes peut-être tentés, au passage, de jeter un coup d'œil aux autres pièces du premier étage, toutes désormais accessibles. Jules désapprouverait le désordre de votre enquête (lorsque je fonce sans réfléchir à la découverte des nouveaux espaces que notre progression dans un jeu vient d'ouvrir, il me tance sévèrement – et me compare à sa nièce, ce qui, dans ce cas précis, n'est pas un compliment).

Faites, si vous le voulez, comme sa nièce et moi, et poussez au moins l'une de ces portes, sur le palier : celle de ma toute première chambre (de quatre à sept ans environ). Située aujourd'hui au-dessus du baby-foot et du piano (rien de tel dans mon enfance), qui l'ont rendue particulièrement bruyante et mal adaptée au sommeil des plus jeunes résidents (à l'heure de la sieste, répit indispensable dans la vie des parents, j'ai dû souvent menacer des joueurs trop expansifs de prendre en charge eux-mêmes un nourrisson, s'ils le réveillaient), elle était à l'époque considérée comme bénéfique à leur sommeil, suivant le principe (dont je ne sais si la validité scientifique a été prouvée), que les enfants dorment mieux « côté terre » que « côté mer ».

Elle n'a pas beaucoup changé depuis le temps où je l'occupais : deux lits jumeaux et le seul papier peint de la maison à n'avoir jamais eu besoin d'être remplacé (vérité scientifique : l'humidité fait moins de dégâts, « côté terre »). Choisi par ma mère chez *Laura Ashley* avec un sens certain des correspondances, il représente de petits couples de cygnes (comme ceux des miroirs peints du salon), blancs sur fond bleu, entourés d'ajoncs et de nénuphars, qui descendent le mur en file indienne et en diagonale, de la droite vers la gauche. Ce sont mes enfants, je crois, qui l'ont improprement baptisée « la chambre aux canards ». Ils l'ont toujours détestée (leurs copains ou cousins aussi), je ne sais pas pourquoi – sinon, tout simplement, parce que sitôt connu le privilège d'en habiter une autre, ils considéraient que l'occuper de nouveau constituait une régression déshonorante ? (*Laura Ashley* a cessé de fabriquer ce modèle. On trouve sur leur site un autre papier représentant des cygnes, mais qui ne vont plus par paires, et il n'existe plus que couleur argent.)

Je vous ai exceptionnellement autorisés à pénétrer dans la chambre aux canards, mais n'abusons pas de ma tolérance, il est temps maintenant d'aller dans l'entrée et de vous transporter dans les années 1980.

Mon ancienne chambre était, elle, tapissée d'un papier *Laura Ashley* qui a également disparu du catalogue – et de ses murs, à une date que j'ai oubliée, mais postérieure à la longue période, après mes vingt-deux ans, où je n'ai, pour le coup, pas eu de chambre attitrée dans la maison. Plus sommaires, plus stylisés que les cygnes de la chambre aux canards, ses motifs représentaient des fleurettes rouges sur fond blanc, chacune de leurs tiges portant deux fleurs et deux feuilles. Vous en trouverez plus tard des vestiges, ailleurs dans la maison.

Chambre d'enfant, d'adolescente, puis de jeune fille, elle était essentiellement meublée d'une commode en bois blanc et de deux lits jumeaux (les supposées jeunes filles, dans les années 1980, dans cette maison, n'avaient pas droit à un grand lit, ni, bien sûr, d'y inviter des garçons : heureusement, pour se rendre à la discothèque de Hauteville-sur-

Mer et pour en revenir, il fallait disposer d'une voiture qui devenait, en fin de nuit, garée dans l'impasse ou carrément dans le jardin, une chambre de fortune où ces mêmes jeunes filles pouvaient librement mener leur vraie vie). Les têtes de ces lits, hautes, en fer torsadé à l'ancienne, et peintes en blanc, résonnaient (résonnent encore : ils ont été transportés au deuxième étage) métalliquement chaque fois qu'on les heurtait en dormant – un bruit de gong presque aussi sonore que la cloche de cuivre de l'entrée. J'ai bien sûr joué, avec copines ou cousines, à sauter de l'un sur l'autre, jusqu'à ce qu'un parent énervé monte nous dire d'arrêter, les jours de pluie. J'ai surtout passé, étendue sur le lit le plus proche de la fenêtre, des heures à lire (plutôt que d'aller pêcher les coques). C'est sans doute, de toutes celles que j'ai occupées, et pas seulement dans cette maison, la chambre où j'ai le plus lu. À l'aube de l'adolescence, après le divorce de mes parents, j'ai obtenu de mon père l'autorisation (et sans doute les crédits nécessaires à leur achat) d'y punaiser des posters représentant des stars du cinéma hollywoodien. Je les avais repérés lors d'une de nos rares expéditions shopping à Granville (Granville même : la zone commerciale et ses innombrables supermarchés n'en étaient qu'au stade embryonnaire), probablement à la maison de la presse, et n'avais pas eu beaucoup de choix. Je n'avais jamais été fan de James Dean, par exemple, mais une fois décidée pour deux portraits de Marilyn Monroe et un de Marlon Brando (dans *Viva Zapata*), je m'étais rabattue sur lui, faute de mieux. Je ne suis pas sûre que ma mère, si elle avait encore eu la haute main sur la décoration de la maison cette année-là, aurait approuvé cette initiative. De fait, dans mon souvenir (il y a bien longtemps que ces posters ont été décrochés et ils pourrissent peut-être encore à la cave, roulés et gluants de poussière, ensevelis dans un coin, réchappés, par la modestie même de la place qu'ils encombrent, des raids les plus radicaux à destination de la déchetterie), leurs couleurs criardes (sauf Brando en Zapata et en noir et blanc) juraient sur les fleurettes rouges. Mais cette discordance (l'innocence *so british* des fleurettes/l'audace sexy des stars des années 1950) était à l'image de l'adolescente qui l'avait voulue.

Je m'y suis installée cet après-midi pour vous la décrire, et il n'y reste à peu près rien de ma jeunesse. Ici aussi la mérule a sévi, l'opération chirurgicale de 2002 y a laissé une cicatrice : une bande de carrelage au sol, le long du mur ouest, sous la fenêtre, à l'endroit où la poutre maîtresse a été remplacée par une IPN métallique. Les meubles ne sont plus les mêmes : c'est désormais une chambre matrimoniale, c'est-à-dire dotée d'un grand lit, mais pas affectée à un couple en particulier ; le bureau où je me suis installée et la commode (qui n'est plus celle en bois blanc de ma jeunesse) ont beaucoup voyagé, repris par ma mère (où étaient-ils installés de son temps ? je la dérange déjà assez souvent en lui téléphonant pour lui demander ce genre de précisions d'un intérêt historique majeur, il y a encore une heure, c'est elle qui m'a confirmé la provenance des papiers peints aux cygnes et aux fleurettes, tant pis, pour cette fois, laissons planer le doute), puis revenus en 2011, après qu'elle a vendu sa maison de campagne. Ils font partie d'un ensemble – dont vous trouverez ailleurs, dans une autre chambre, d'autres éléments –, ensemble qui a ceci de particulier qu'il servait à l'origine (selon la légende familiale) à meubler la cabine du capitaine d'un voilier (anglais, le voilier, précise ladite légende).

Bien que contiguë à ce qui était alors la chambre de mon père, et donc peu propice aux bavardages nocturnes ou aux retours ivres de discothèque, même si ses murs sont tapissés aujourd'hui d'un papier beige uni (couleur sable mouillé à laquelle tout finit tôt ou tard par virer, dans la maison) et si les lits de fer-blanc torsadé l'ont quittée, j'y retrouve l'écho des nuits passées, avec l'amie de cœur des années de lycée, à disserter sur nos amours imaginaires, et je sais que, un ou deux étés plus tard, son plancher et son plafond sont les premiers que j'ai vus respectivement tanguer et tournoyer, après une fin de soirée arrosée au calva dans la toute nouvelle bibliothèque installée à la place du ping-pong.

J'y retrouve surtout, inchangée, absorbant dans la journée le regard bien plus que ce qu'elle contient, la plage qui s'encadre dans sa fenêtre, la pointe de Granville, pile dans l'axe lorsqu'on est couché, et la lumière qui y pénètre, franche, violente, peut-être davantage que dans aucune des autres pièces de la maison : est-ce parce qu'on y a conscience d'occuper le centre exact de sa façade, ou parce que c'est à travers cette fenêtre que j'ai (même lorsque je m'en détournais pour lire, même lorsque je fermais systématiquement, projet de grasse matinée oblige, ses volets la nuit) assimilé intimement, de sept à vingt-deux ans, cette vue ?

La chambre de mon frère

Nous avons tous du mal, depuis sa mort, à nommer la chambre mansardée du deuxième étage que mon frère a utilisée quasi sans exception depuis ses dix-sept, dix-huit ans – soit pendant quarante ans. Nous substituons soigneusement à son prénom celui de sa femme, lorsque nous mentionnons désormais cette chambre entre nous, pour l'attribuer à tel ou tel. Mais dans mon petto, comme disait mon père, elle reste la chambre de mon frère – même s'il appliquait strictement son manque d'instinct de propriété en laissant qui voulait la prendre, en son absence.

Après avoir quelque temps dormi comme nous au premier étage, jamais dans la chambre aux canards (il était déjà adolescent lorsque mon père a acheté la maison), ni dans celle aux fleurettes rouges (réservée aux filles, dans ces années 1970 où la décoration des chambres d'enfants était tranquillement genrée), mais dans une autre que vous explorerez plus tard, il en a sans doute eu marre de la promiscuité avec ses père et petites demi-sœurs – et puis il avait le droit d'inviter sa petite amie, lui – bref il a déménagé au deuxième, juste au-dessus de ma chambre de jeune fille.

Respectons l'ordre chronologique. C'est dans cette chambre mansardée du deuxième étage que j'ai le plus souvent couché, entre vingt-deux et trente-neuf ans, sans m'y sentir jamais légitime. Mon frère et moi venions beaucoup moins à Saint-Pair, dans ces années-là, et presque jamais en même temps. Ma petite sœur avait succédé à mon frère dans la chambre du premier que je vous montrerai tout à l'heure, à mon tour j'appréciais d'être un peu à l'écart et suis donc à mon tour montée au deuxième – sauf lorsque mon père, absent, me laissait la sienne.

Suivez-moi sans vous préoccuper de l'époque où vous la découvrez : elle est restée la même. Le papier peint y a si souvent été changé (elle est sous le toit, donc particulièrement exposée à l'humidité) qu'il n'a jamais contribué en rien à son identité. J'ai choisi le dernier en date chez *Laura Ashley* avec mon père (il m'accompagnait juste pour les détails matériels et financiers, me laissait tout à fait libre de choisir : c'étaient chaque fois des expéditions éclair, rien à voir avec le remplacement des « Chrysanthèmes » du salon en compagnie de ma mère, ces heures passées à feuilleter des liasses d'échantillons), il y a donc forcément plus de treize ans, mais il a disparu du catalogue, lui aussi. Ce sont de petits motifs clairsemés, gris-bleu sur fond beige, qui ressemblent lointainement à des fleurs de lys. Les tables de nuit et les étagères en bambou viennent, comme les bibliothèques du salon, d'Orient ou de Chine. Perchée sous le toit, il y fait chaud cet après-midi et j'essaie de me rappeler les nombreuses nuits que j'y ai passées autrefois, mais rien ne vient. Comme si je m'étais interdit d'y imprimer mes propres souvenirs.

Si, pourtant, maintenant je me rappelle. En 1998, j'étais venue pour les vacances de Pâques et m'y étais installée pour la semaine. Juste avant de quitter Paris, j'avais envoyé à six ou sept maisons d'édition le manuscrit de mon premier roman, sans l'avoir montré à personne. Je n'en avais pas parlé à grand monde. J'avais surtout dissimulé son existence à mon père, que j'excluais tout à fait de voir jouer un rôle dans son éventuelle publication.

Acte manqué? Si oui, révélateur de quoi? J'avais évidemment emporté, pour ces vacances, un exemplaire de mon texte et le feuilletais fébrilement tous les soirs, la boule au ventre, me demandant à chaque mot ce qui m'avait pris de faire lire ça à des inconnus. Mais c'est dans le train du retour, alors que j'avais fermé la maison sans savoir qui m'y succéderait, que je me suis aperçue que je l'avais oublié sous mon lit – sous le lit de mon frère, plus exactement. Où, certes, le risque que mon père le déniche était faible (il aurait fallu pour cela qu'il ait l'idée saugrenue d'aller y passer l'aspirateur, ce qui, comme vous savez, n'est pas le genre de la maison). N'empêche. La boule au ventre a explosé lorsque je me suis rendu compte de ma bourde. Je me suis rappelé le twist final de *Noblesse oblige* (sans doute vu au ciné-club à la télé, peut-être même dans le salon de Saint-Pair, je ne sais plus). Au cas où vous ne connaîtriez pas le film, je préfère ne pas divulguer cette fin mais ma situation, impuissante, à bord du Granville-Paris, lui ressemblait beaucoup. La chambre de mon frère est donc aussi celle où j'ai laissé la preuve (combien de centimètres entre le bord du lit et le plancher, me demandai-je fiévreusement en traversant le bocage ? la spirale en plastique blanc qui maintenait les feuillets attirerait-elle l'attention ? et de qui ?) la preuve compromettante de ce qui m'apparaissait alors, m'apparaît toujours, comme une transgression. Moi qui écrivais (et croyais sincèrement) il y a quelques minutes que je n'avais pas laissé d'empreinte dans cette chambre... (J'ai retrouvé l'objet, à sa place, l'été suivant, après que le manuscrit eut été accepté et mon père mis au courant.)

Et mon frère, lui, en a-t-il laissé, des empreintes ? La petite bibliothèque en bambou est presque vide : six ou sept bouquins hétérogènes abandonnés là par des hôtes de passage. Mais j'y remarque pour la première fois un « beau livre », comme disent les libraires à l'approche des fêtes de fin d'année, rangé dans son étui cartonné, dont la tranche, même s'il est posé à l'envers, m'apprend qu'il est consacré à la grand-mère maternelle de mon frère, peintre. J'ignore s'il l'ouvrait quelquefois pour y revoir des tableaux qu'il devait connaître par cœur, et dont certains le représentaient.

J'ignore aussi ce qu'il pensait du seul tableau qui ornait déjà cette chambre de son vivant, certainement déniché par ma mère dans une brocante. C'est moi, je crois, qui l'ai accroché (mais quand ?) au-dessus de la petite bibliothèque en bambou, après qu'il eut passé de nombreuses années dans la salle à manger, posé sur la grille de boulanger – sans consulter mon frère. Je ne sais donc même pas s'il en avait remarqué la présence.

C'est une petite photographie aux tons sépia jaunis, datant sans doute de la fin du XIXe siècle, dans un cadre en bois doré. On y voit une vieille maison rustique qui, de loin, semble éventrée, flanquée d'immenses peupliers (le mot peuplier m'est venu spontanément, à moi qui suis nulle en arbres, mais, je vérifie en regardant des images de peupliers sur internet, je suis tombée juste). Sur la gauche, on devine un autre bâtiment, et deux stères de rondins solidement fagotés. Sur la droite, au premier plan, deux pêcheurs. L'un, en tenue de ville, costume trois-pièces et canotier, a tombé la veste. L'autre porte un sarrau et un chapeau de paysan. En zoomant dessus, vous découvrez que, si la façade de cette maison, plus ou moins en ruine, qui s'affaisse dangereusement, est ainsi éventrée, c'est qu'il s'agit d'un moulin dont vous apercevez la roue à aubes. Tout cela n'explique pas pourquoi ma mère l'avait choisie. La légende vous mettra davantage sur la piste : le « Moulin d'Andé » photographié ici au plus fort de sa décrépitude était devenu, dans les années 1960, un lieu de résidence pour les artistes, écrivains ou cinéastes. C'est là qu'a été tournée l'avant-dernière scène de *Jules et Jim* (un film important pour ma mère sans doute, puisqu'elle en possédait aussi une édition du scénario : parce qu'elle-même, quelques années après sa sortie, était tombée amoureuse de mon père, meilleur ami de son premier mari ?).

Il y a depuis l'été dernier un autre tableau, suspendu au-dessus du lit, face à la fenêtre et à la mer, encore plus directement lié au cinéma. En 1984, mon frère s'était rendu au Japon et avait eu l'occasion d'aller sur le tournage d'un film réalisé par l'un de ses cinéastes fétiches, Kurosawa. Des nombreuses photos qu'il a dû prendre, celle-là a mérité, à ses yeux ou à ceux d'un autre, je ne le saurai jamais, d'être agrandie et encadrée. Même sans le soleil de l'après-midi qui se reflète sur le verre, difficile d'en deviner le sujet si on ne le connaît pas : un incendie spectaculaire filmé sur les pentes du mont Fuji. La composition en est très soignée : le tiers supérieur n'est que flammes et fumées, gris et ors ; celui du milieu est très sombre, mais y brillent une quinzaine de lames d'argent : les armes tenues par les guerriers du tiers inférieur, dont on ne distingue que les casques et les boucliers orange, striés de deux bandes noires horizontales. On dirait des tickets de métro, plaisantait mon père, qui aimait parfois dissimuler combien il était fier de son fils – c'était l'époque où les tickets du métro parisien étaient jaunes, en effet. Le film en question s'appelle *Ran*, et c'est une adaptation du *Roi Lear*. Cette photo a longtemps été accrochée ailleurs, dans une autre chambre du deuxième étage, je ne sais plus laquelle, puis décrochée, sans doute parce qu'il avait fallu changer un papier peint, et jamais remise en place. Elle a dû traîner, posée dans un coin, un certain nombre d'années avant que mon fils cadet, l'été dernier, prenne l'initiative de l'installer dans cette chambre que nous avons du mal à nommer, et où il dort souvent.

Je remarque pour la première fois, dans un coin, un mètre carré de lattes dépareillées, plus récentes et plus étroites que le reste du plancher (le même chêne brut, poussiéreux et hérissé d'échardes dans les étages qu'au rez-de-chaussée). Je me demande bien ce qu'il pouvait y avoir à cette place. Pas un monte-charge, comme celui dont mon frère avait sous mes yeux détecté la trace dans la salle à manger. L'escalier a toujours desservi le deuxième étage, ce n'est donc pas une trappe qui aurait permis de l'atteindre, à supposer qu'il ait un jour tenu lieu de grenier. Il y a d'ailleurs une trappe, au-dessus du palier, juste devant la porte de cette chambre, par laquelle un anorexique doit pouvoir accéder aux combles. La légende veut qu'une nuit mon frère, qui avait donc au moins dix-sept ou dix-huit ans et dormait déjà là-haut, ait été attaqué par une chauve-souris échappée de cette trappe (comment?) qui s'était accrochée à ses cheveux. Je le dis à l'intention de tous ceux qui ne croient pas que les chauves-souris puissent se comporter de la sorte. Je n'étais pas présente (exceptionnellement, ma mère m'avait emmenée voir des amis en Bretagne), et je ne peux donc pas certifier que l'histoire est authentique (d'autant que mon père l'enjolivait : mon frère aurait absolument voulu la déloger pacifiquement, et il avait fallu pour cela, en pleine nuit, faire venir des cousins munis de filets à crevettes, ce qui est moins plausible), mais j'ai vu moi aussi des chauves-souris envahir la maison, un soir d'été orageux.

Pendant que vous êtes au deuxième étage, vous pouvez aller jeter un coup d'œil à la chambre, au bout du couloir, sur la porte de laquelle est punaisée une carte de visite, excuse parfois mensongère : *Avec les vœux de l'auteur absent de Paris.* C'est là que mon père s'isolait pour travailler, même après l'aménagement de la salle de ping-pong en bibliothèque. Si vous poussez cette porte, vous verrez les lits jumeaux aux ferronneries blanches qui meublaient mon ancienne chambre, et, dessus, des couvre-lits juponnés en coton écru parsemés de fleurettes rouges, assortis au papier peint sur lequel j'avais punaisé mes posters de stars. Ce sont des fleurettes, indéniablement, mais, Dieu sait pourquoi, mes enfants surnomment cette pièce la « chambre aux cerises ».

Profitez-en pour regarder si d'autres portes se sont ouvertes, au deuxième. Ce n'est pas le cas (je vous épargne les salles de bains, mais aussi le réduit mansardé tout au fond du couloir, que nous appelons « le clocheton » bien qu'il ne soit pas du tout situé sous le clocheton prétentieux qui orne le toit de la maison, qui n'a jamais été chauffé et fait peur aux jeunes enfants, mais dont, seule de toute la maison, la fenêtre permet le 13 juillet d'admirer le feu d'artifice tiré de l'intérieur du village de Saint-Pair). En revanche, au premier, il vous reste encore deux pièces à explorer.

La grande chambre

La grande chambre (pas besoin d'être plus précis, tout le monde dans la maison comprend de quoi on parle) a d'abord été celle de mes parents, puis de mon père divorcé, de mon père et de sa dernière compagne, et enfin la mienne. Si, à la mort de mon père, mon frère, en vertu du droit d'aînesse, l'avait revendiquée, je la lui aurais cédée sans hésiter. Mais il s'était attaché à sa mansarde du deuxième étage, et n'a pas bien dormi, les quelques nuits où il s'est installé au premier. Est-ce parce qu'il serait plus facile pour une fille que pour un fils de prendre la place du père, ou parce que j'y avais déjà souvent couché lorsque je venais à Saint-Pair sans lui, je ne m'y suis jamais sentie mal, et c'est donc là que je dors le plus souvent depuis douze ans.

Avant de l'explorer, allez voir celle qui se trouve à gauche sur le palier. Elle donne aussi sur la mer et se trouve au-dessus de la bibliothèque (autrefois salle de ping-pong). Elle m'est peu familière. Mon frère y a dormi les premières années, puis ma sœur. Moi, très rarement. C'est la seule aujourd'hui à disposer d'un balcon (le toit du bow-window dans la pièce du dessous). Depuis la mort de mon père, lorsque reviennent dans la maison sa dernière compagne ou ma mère, c'est là qu'elles dorment. Il semble entendu qu'elles n'aimeraient pas se retrouver dans leur ancienne chambre conjugale, mais c'est peut-être faux.

À l'origine, elle communiquait avec mon ancienne chambre, mais ma mère a fait condamner la porte et, de ce côté, l'embrasure a été transformée en bibliothèque : on y trouve essentiellement des polars, mais je vois, en m'y installant quelques minutes le temps de vous la présenter, que s'y sont glissés aussi un Woolf, un Sade, un Nietzsche, un Walter Benjamin, etc. Éclectisme dont j'ignore qui est responsable.

Elle est équipée d'un bureau – du moins d'une table qui en fait office, comme toutes les chambres de la maison, destinées à un public présumé studieux, qui en général préfère pourtant travailler dans les pièces communes. Il y a aussi une commode (arrivée là après le divorce de mes parents, je dirais), en bois peint : des lettres orangées, tracées en écriture cursive, en précisent la fonction (« Tide Tables », tiroir du haut), la provenance (« Bristol », tiroir du bas), et, sur le dessus, le propriétaire : un capitaine (c'est marqué aussi) qui se trouve porter le nom de jeune fille de ma mère. Pur hasard : c'est un nom assez répandu, surtout dans les pays anglo-saxons. La personne qui a déniché ce meuble l'a probablement choisi pour cette homonymie. Et bien sûr parce qu'il avait commencé sa carrière en renfermant des horaires de marées.

Au-dessus des deux tables de nuit (au design vaguement oriental, lui aussi, mais moins authentique que dans le salon ou dans la chambre de mon frère : c'est moi qui les ai achetées dans un supermarché discount de la zone de Granville), j'ai accroché, après la mort de mon père, sans doute en pensant à sa dernière compagne, à qui la chambre était destinée, deux photos en noir et blanc, soigneusement encadrées, où l'on voit, pris d'assez haut (d'un gros bateau à moteur accompagnant le départ d'une régate ?), l'*Anyway*. À son bord on reconnaît mon père, barrant de la main gauche (son poignet droit est dans le plâtre : j'ai tout oublié de cet accident), en pull et casquette, et dont les expressions (soucieuse sur la photo de gauche, rieuse sur celle de droite) sont les mêmes que pouvait avoir mon frère, en mer ou pas.

Avec lui dans le cockpit, en train d'enrouler un bout, un ami écrivain et marin que vous identifierez peut-être si vous connaissez bien le milieu littéraire français des années 1980, et les lauréats du prix Goncourt à cette époque-là.

Il est temps de pénétrer dans la grande chambre.

Située au-dessus du salon, aussi grande que lui et dotée des mêmes quatre fenêtres (une à l'ouest, une au nord, qui était, du temps de la véranda, prolongée par un balcon aménagé sur son toit, et deux, plus étroites, donnant au nord-ouest et au nord-est), elle tient du phare et, lorsque les nuits sont claires, de l'observatoire d'astronomie. En ces premiers jours de juillet, juste après le solstice d'été, le soleil se couche dans l'étroite fenêtre du nord-ouest et se lève après une courte nuit dans celle du nord-est. Comme le salon, c'est un polygone très irrégulier depuis la mérule (dont le premier signe, comparé par mon père à une oreille, est apparu là, et dont j'y guette, ou évite de guetter mais en y pensant, la récidive). Hexagonale comme le salon d'avant, on lui a ajouté un pan coupé supplémentaire, au sud-ouest, et une bande de carrelage au sol le long du mur ouest. Ses meubles se sont promenés, en presque cinquante ans (partis chez ma mère, puis revenus) et deux d'entre eux, une coiffeuse et une penderie aux montants et miroirs nettement inclinés, vers la droite pour l'une, vers la gauche pour l'autre, appartiennent au même ensemble que les commodes et bureau installés à côté, dans mon ancienne chambre : leur inclinaison s'explique par leur destination originelle, la cabine du capitaine anglais dont ils devaient épouser les angles.

Aux murs, deux cartes marines semblables à celles que vous avez observées au rez-de-chaussée, mais représentant des mers beaucoup plus éloignées, et à beaucoup plus petite échelle : l'océan Atlantique nord, France-Antilles, et la côte qui va de Valparaíso au cap Horn. Si vous zoomez sur celle du cap Horn, vous verrez que des signatures y ont été inscrites au crayon, comme sur les photos de classe quand j'étais collégienne : celles des coéquipiers de mon père lorsqu'il est devenu cap-hornier, je ne sais plus en quelle année, embarqué sur un bateau militaire. Sur l'autre, un trait, toujours tracé au crayon, indique la route qu'il a suivie lorsqu'il a traversé l'Atlantique à la voile.

J'ai accroché, l'été dernier, au mur ouest, à droite de la fenêtre, un immense tableau peint par une amie artiste et navigatrice (et plein d'autres choses) : *Le Pont des Amériques*, qui enjambe le canal de Panama juste avant qu'il ne débouche dans le Pacifique, et relie les Amériques du Nord et du Sud. Je me lève pour vérifier la carte de l'Atlantique nord, à gauche de la fenêtre, et suis obligée d'admettre que *Le Pont des Amériques* n'est pas exactement dans l'axe de ma chambre. Mais je m'empresse de l'oublier. Je préfère continuer de le croire.

Si vous vous amusez à ouvrir les tiroirs de la commode, vous serez surpris d'y trouver, dissimulées sous les prévisibles jeans, pulls et tee-shirts également troués, trop aimés pour être jetés, et jugés suffisamment élégants pour être mis pendant les vacances, cinq ou six boîtes rectangulaires, en carton jaune bouton-d'or ou vert bouteille – et surpris aussi que l'une d'elles (une verte) rejoigne sans broncher votre inventaire.

C'est le seul objet que vous ayez récupéré, depuis que vous visitez les étages. Une fois intégrée à votre inventaire, vous découvrez qu'elle se laisse ouvrir et contient cinq cents cartes de *Trivial Pursuit*. Vous pouvez les faire défiler, une par une, et, en zoomant dessus, y lire les questions (mais pas les retourner, ni donc y trouver les réponses, si vous ne les savez pas). Vous vous demandez à juste titre pourquoi ces boîtes ne sont pas rangées en bas, dans la bibliothèque, avec le reste du jeu (le plateau, les camemberts, le dé, les pions). C'est que Jules a inventé une manière inédite d'y jouer, à deux de préférence : affranchi de son matériel encombrant, le *Trivial* devient un jeu d'extérieur et ne se pratique que sur la petite terrasse (pas d'impatience : si tout va bien, vous ne devriez pas tarder à « *escape the house* »). Chacun doit à son tour parier sur le nombre de questions auxquelles il s'estime capable de répondre sur une même carte ; son adversaire peut alors surenchérir, et prendre la main. Comme nous n'avons généralement pas les mêmes domaines de compétence, Jules et moi, il s'agit, au moment de parier, de deviner les lacunes ou les parfois inattendues connaissances de l'autre. Au fil des étés, nous avons vite épuisé toutes les cartes du vieux jeu rangé dans la bibliothèque, mais Jules en a déniché d'autres, avec une préférence marquée pour les plus anciennes, celles qui, comme beaucoup de choses dans cette maison, remontent aux années 1980. Du coup, celui d'entre nous qui se charge de lire les questions à voix haute ajoute rituellement un « à l'époque » plus ou moins justifié (plus, lorsque la question de géographie porte sur le nom d'une ville soviétique, moins lorsque, en science et nature, il faut dire combien d'yeux a un ver de terre). Et, si elles sont cachées là, c'est que cette ancienneté même les rend trop précieuses pour être manipulées par les jeunes résidents de la maison (que sauraient-ils, de toute manière, des émissions de télévision ou succès sportifs des années 1980 ? Ils n'étaient même pas nés).

Ceux d'entre vous qui ont retenu la promesse, faite plus haut, de leur révéler un nouveau moyen de voyager dans le temps, se demandent peut-être si ces cartes vont les y aider. La logique, maintenant que vous savez que le *Trivial* se joue ici dehors, voudrait plutôt que les cartes rangées dans votre inventaire vous servent à sortir de la maison. Nous sommes toujours le 18 août, et le vent n'est pas tombé. Si, avant de mettre à l'épreuve votre culture générale, vous alliez plutôt voir ce qui se passe lorsque vous déplacez de nouveau les aiguilles de la pendule du salon ?

« Allez jouer dehors ! »

C'est l'une des phrases que les parents prononcent le plus souvent dans cette maison. Elle a beau être grande, il y a toujours un moment où le niveau sonore produit par les plus jeunes pousse un adulte à apprécier d'un coup d'œil si la météo rend la chose possible, et, sauf grain violent, à dépêcher les braillards dans le jardin ou sur la plage (à tenter de les y chasser, pas forcément avec succès).

Je ne sais pas si, pour votre part, vous faites du bruit, mais vous jouez à un *escape game* et votre but est de sortir de cette maison, de préférence pas ce vendredi venteux d'août 2017.

Vous soulevez donc le verre qui protège le cadran de la pendule du salon et essayez de remonter le temps. Vainement. En revanche, si vous tournez les aiguilles dans l'autre sens, vous faites une expérience étonnante : le décor autour de vous émet des vibrations stroboscopiques (mot appris lors de ma première vraie boum parisienne, après celle de la cave et ses ampoules artisanalement peintes en rose, j'avais onze ans et compris « stromboscope », j'ai mis longtemps à lever ce malentendu), vibrations très rapides, jour/nuit, jour/nuit, et la pendule émet le même genre de grésillement que les transistors d'autrefois lorsque, le doigt sur la molette, on cherchait la fréquence d'une radio (dans mon enfance, ce grésillement accompagnait souvent mon père qui, tout en déambulant d'une pièce à l'autre de la maison, alternait bulletins de la météo marine, souvent en anglais, et flashs d'info sur Inter). Comme lorsque les stridences sinusoïdales du tuner laissaient place à une musique où à une voix relativement audible (le pouce hésitant alors sur la molette, stabilisant d'une dernière caresse la musique, la voix), la lumière soudain se fige, le grésillement se tait : vous êtes au début du mois de juillet 2019, et depuis quinze jours on dirait vraiment le Sud.

La mer, basse, est d'un blanc aveuglant à l'aplomb du soleil, et se décompose, de part et d'autre de cette tache argentée, en dégradés de bleus et de verts qu'on pourrait croire colorés chimiquement, comme certaines glaces à l'eau. C'est à peine si le sommet de quelques branches de fusains rebelles tressaute au-dessus de la haie. Il n'y a presque pas de vent, et d'ailleurs pas une voile à l'horizon (on est encore tôt en saison). Si vous parvenez à sortir, le parasol sera le bienvenu (et ne risque pas de s'envoler).

Je vous ai déjà presque donné la soluce : pour aller jouer dehors, il faut vous intéresser de plus près aux cartes du *Trivial Pursuit*. Je sais, la boîte récoltée dans votre inventaire contient plusieurs centaines de cartes. De plus, vous ne savez pas exactement ce que vous cherchez. Vous en faites défiler une série et mesurez votre degré d'inculture (ou votre relative jeunesse). Peut-être vous prenez-vous au jeu et pariez sur le nombre de bonnes réponses que vous croyez pouvoir trouver. Ou peut-être faites-vous partie des gens que le *Trivial* assomme. Vous irez alors plus vite et dénicherez en quelques minutes la seule carte susceptible de vous ouvrir les portes de la maison :

Géographie (icône bleue) : « Quel canal enjambe le pont des Amériques ? »

Divertissement (icône rose) : « Quel film de Kurosawa est-il adapté du *Roi Lear* ? »

Histoire (icône jaune) : « Dans quel film d'Elia Kazan Marlon Brando joue-t-il le rôle d'un révolutionnaire mexicain ? »

Art et littérature (marron) : « Quel prix *Les Noces barbares* a-t-il remporté en 1985 ? »

Science et nature (vert) : « Quel oiseau chante-t-il plus fort au moment de mourir ? »

Sports et loisirs (orange) : « Quelle eau-de-vie à base de cerises peut-elle être utilisée dans une fondue au fromage ? » (Oui, certaines questions « Sports et loisirs » portent sur des aliments, liquides ou solides (« loisirs » plutôt que « sports »), ce qui me permet parfois de marquer un point dans cette rubrique.)

Vous n'avez même pas besoin de remuer vos méninges (*Remue-méninges* était le premier nom français, pas promis à un grand avenir, de ce jeu québécois). Votre visite des chambres vous donne l'occasion (statistiquement rare, Jules et moi pouvons en témoigner) de marquer six points.

Vous n'avez plus maintenant qu'à cliquer sur cette carte, et la porte-fenêtre du salon s'ouvre en grand. Heureusement que c'est la seule : même lorsque le temps est au beau fixe, un courant d'air est toujours possible, dans la maison.

Vous émergez enfin (votre pêche aux crevettes nocturne ne compte pas) et clignez des yeux sous le soleil, à l'endroit exact où mon père trimballait un des deux fauteuils d'osier du salon, sur l'étroite terrasse en ciment – longtemps dépourvue de vrai garde-corps (seulement bordée d'un très bas muret de moellons bruts, ce qui nécessitait une vigilance continue lorsque les bébés commençaient à se déplacer), aujourd'hui dotée d'une rambarde en PVC blanc, inusable, le seul élément architectural solide de la maison, que mon fils aîné a un jour entendu deux promeneurs admirer, depuis la plage, comme étant tout ce qu'il y avait à en sauver, tant le reste leur semblait pourri (et encore, ils ne savaient pas, pour la mérule). Vous pouvez vous servir des jumelles rangées dans votre inventaire, les braquer sur les îles Chausey ou, plus au sud, la côte bretonne. Mais vous avez surtout envie de réparer le parasol.

Ce n'est pas sur cette étroite terrasse que vous y arriverez (ce n'est pas là qu'on l'utilise). Vous descendez donc les quelques marches de granit qui, face à la salle à manger, mènent au jardin (un grand mot : au sol inégal et caillouteux) et allez voir ce que cache la haie de fusains. Si la reproduction non répertoriée du tableau d'un peintre célèbre accrochée dans l'entrée représente bien la maison, vous devriez y découvrir une autre volée de marches en granit descendant vers le nord. Vous vous approchez donc de la balustrade en briques qui délimite le terrain vague, devant vous, et au-delà de laquelle la plage se peuple de baigneurs à mesure que la mer monte.

La haie de fusains masque bien un large perron de granit, mais qui ne descend pas jusqu'à cette plage, s'arrête à mi-chemin : il dessert un espace d'environ vingt mètres carrés encore plus inégal et caillouteux, fermé, sous la haie, par un mur de pierres aussi mal équarries que l'ancien muret de la terrasse, à l'ouest par la même balustrade en PVC d'un blanc inusable, et au nord, par un cabanon délabré. Sur cette petite terrasse, une chaise longue en plastique blanc qui n'a pas l'air très en forme. Vous vous apprêtez peut-être à descendre ce perron, mais c'est sans compter sur les objurgations de Jules, qui vous interdit de faire comme sa nièce et vous somme d'en finir avec l'exploration du jardin. Vous revenez sur vos pas et contournez la maison.

Vous aurez beau en faire le tour, vous ne saurez jamais avec certitude si c'est celle qu'a peinte l'artiste célèbre avec qui travaillait autrefois la première femme de mon père, et dont le tableau n'a jamais été officiellement reproduit – ce que contredit sa reproduction, accrochée dans l'entrée de la maison. Double mystère. La ressemblance est grande, et, depuis que j'écris ce livre et en parle autour de moi, tout le monde joue au jeu des sept erreurs. Ce qu'on ne pourrait de toute façon pas y voir, c'est le garage, au fond du jardin, côté est, le long de l'impasse. Il est cet été exceptionnellement peu rempli : un reste de bûches, deux ou trois chaises longues en plastique cassées. La voiture irréparable qui y a passé l'hiver (pour faire plaisir aux jeunes de la maison qui ont appris à conduire avec et répugnaient à la voir disparaître) a fini par être expédiée à la ferraille. Seuls les enfants aventureux qui s'amusent à construire des cabanes sur son toit, lorsque les adultes ont le dos tourné, et les amateurs de vide-greniers de troisième zone (qui en seront cet été pour leurs frais) manifestent un intérêt durable pour le garage. Il y a plus de chances pour que, comme la plupart des adultes dans cette maison, vous tourniez le dos au jardin (où pas grand-chose ne pousse), au garage, et même à la maison pour regarder la mer, à l'ouest.

À moins que vous ne fassiez partie des irréductibles fumeurs soucieux de ne pas empuantir l'intérieur de la maison (de plus en plus rares, les fumeurs ici, sauf quelques jeunes que l'odeur du tabac ne dérange pas) qui, de la salle à manger, choisissaient d'ouvrir la fenêtre donnant à l'est, moins exposée au vent, et s'accoudaient à la rambarde, dos au baby-foot, à la mer, à « la » vue. Mon frère le faisait, et je ne saurai jamais s'il évitait ainsi de songer à la sortie en bateau que, pour telle ou telle raison, il était en train de manquer.

Selon toute probabilité, vous préférez donc revenir sur vos pas et finir d'explorer le côté mer. Vous remarquez au passage l'escalier menant à la cave que vous avez monté dans le noir pour aller pêcher des crevettes, le socle de l'ancienne véranda, envahi de mauvaises herbes, et vous avez enfin le droit (n'est-ce pas, Jules ?) de descendre à la petite terrasse.

L'endroit semble à l'abandon. Deux minuscules bancs de granit sont scellés contre le mur est, où vous apercevez aussi l'arrivée d'un tuyau complètement rouillé (et relié à rien, je vous l'assure). On pouvait sans doute s'y dessaler, sinon du temps de l'amie de mon arrière-grand-mère qui a fait construire la maison et ne l'a jamais habitée (les bains de mer étaient encore rares à son époque), du moins à la génération suivante. À l'intérieur du cabanon dont la peinture blanche est aux neuf dixièmes écaillée, et dont les fenêtres, côté mer, ont depuis des décennies perdu leurs vitres, trois étroites cabines dont les portes ont disparu témoignent de ses prétentions originelles. Elles servent maintenant d'abri aux chaises longues en plastique jugées les moins dangereuses par les amateurs de bains de soleil. Ou de *Trivial Pursuit* à l'ombre du parasol.

Vous essayez de nouveau, en affichant sur votre écran plusieurs éléments de votre inventaire, d'en tapoter le pied avec votre marteau et d'en décoincer le bouton avec votre tournevis. Les cliquetis prometteurs que vous avez déjà entendus, avant de comprendre comment l'annuaire des marées vous donnerait accès aux chambres, s'accompagnent ici d'un résultat bien plus satisfaisant : le parasol s'ouvre en grand et se fiche de lui-même dans le sol caillouteux. Grâce des transitions facilitées, dans un *escape game* virtuel. Et des métamorphoses : en cliquant sur le tapis de gymnastique, vous le transformez aussitôt en un matelas de plage qui vient se loger miraculeusement dans la seule chaise longue en plastique blanc disposée sur la petite terrasse. Vous pouvez maintenant vous y allonger et regarder la mer. Ses va-et-vient au rythme prévisible (par la lecture de l'annuaire des marées) n'empêchent pas le temps, ici, de durer longtemps, et la vie sûrement plus d'un million d'années. Un étrange phénomène optique se produit lorsque les promeneurs, sur la plage, s'encadrent entre les barreaux de la balustrade en PVC. Ils se dédoublent, puis se rassemblent, à mesure que ces barreaux les dissimulent puis les font resurgir. Si vous n'étiez pas dans un *escape game*, vous vous demanderiez assez vite si l'heure de l'apéro approche : la position du soleil n'est pas un repère, dans cette maison; il se couche beaucoup trop tard pour donner le signal des festivités.

Mais vous êtes dans un *escape game*, et la seule question qui doit éventuellement vous traverser l'esprit, s'il n'est pas entièrement captivé par les reflets phosphorescents du soleil sur les vagues ou la multiplication éphémère des promeneurs au moment où ils s'effacent puis reparaissent entre les barreaux de plastique blanc, est celle-ci : à quoi peut bien servir le dernier objet de votre inventaire à n'avoir rien débloqué, c'est-à-dire le déguisement de babouin ?

L'ŒUF DE PÂQUES

Des œufs de Pâques en chocolat, il en restait souvent encore quelques-uns, réchappés de la chasse rituelle, lorsque l'été venait. Leurs emballages métalliques vert ou rose frappés de petits losanges scintillaient au creux d'une haie et on les retrouvait en juillet fondus, aplatis, immangeables.

Dans un jeu vidéo (un programme informatique en général), un *easter egg* (dans ce contexte il garde son nom anglais) n'est pas forcément un œuf. Jules vous l'expliquerait plus rigoureusement (et plus longuement) que moi, mais, en gros, c'est un élément du jeu, une énigme subsidiaire dont la résolution n'apporte rien à votre progression, à votre éventuel succès – un secret à valeur de clin d'œil, une fioriture pour initiés.

Dans les années 1980, mon père avait surnommé la bande des quatre inséparables à laquelle appartenait mon frère : les Babouins. C'étaient eux qui s'affrontaient au ping-pong après le dîner sous les yeux fascinés des fillettes, en attendant qu'il soit l'heure pour eux d'aller s'amuser davantage et ailleurs, pour elles de se mettre au lit. Bien que moins fusionnels qu'à l'époque où mon père leur avait donné ce surnom, ils ont continué, au fil des étés, à se retrouver sur cette côte pour y faire du bateau.

Même Saint-Pair a sa zone commerciale, maintenant, et son supermarché d'articles de fête propose un rayon déguisements très intéressant (inventif et peu cher). C'est de là que vient le vôtre, choisi (un 31 décembre, en prévision du réveillon) par un invité qui ignorait tout de l'existence de cette bande de jeunes singes. La coïncidence était si belle qu'il a gentiment accepté de l'offrir à la maison.

En ce moment même, les trois Babouins survivants sont en mer et remontent de La Rochelle, où ils ont acheté d'occasion un bateau qui remplacera l'*Anyway*. Dimanche, si tout va bien, cette maison redeviendra, du moins dans ma tête, une maison de marins.

Il y a quelques semaines, l'un d'eux m'a promis de me raconter une histoire. Un de leurs quatre cents coups nocturnes dont mon frère refusait obstinément de parler, lorsque mon père ou les fillettes négligées l'en suppliaient, le lendemain. Ce Babouin ignorait que j'écrivais un jeu d'évasion, c'est donc tout à fait un hasard si l'héroïne de cette histoire est une porte.

Ils avaient participé à une régate, ce jour-là (un été des années 1980), et une fête était organisée à Jullouville pour les concurrents, heureux ou malheureux. L'histoire ne précise pas si les Babouins s'étaient bien classés. Le soir, ils étaient passés à la maison se faire des pâtes, ils avaient bu, sans doute (depuis le matin : on boit, en mer, même mon père y dérogeait à son habituelle abstinence). Ils étaient partis pour Jullouville dans la deux-chevaux de l'un d'entre eux (« Boire ou conduire il faut choisir », le premier slogan préventif, datant de 1975, n'avait pas encore été pleinement assimilé par les jeunes, sur cette côte, dans ma génération non plus). Sur place, ils avaient continué à boire (mon frère n'aimait pas danser, les autres je ne sais pas) et s'étaient finalement retrouvés dans le jardin de leurs hôtes, à discuter, adossés au portail en bois. Personne ne se souvient exactement comment ils se sont aperçus qu'il suffisait de soulever ce portail pour le dégonder, ni comment leur est logiquement venue l'idée de l'embarquer. Par désœuvrement probablement (l'inconvénient de passer tous les étés ses vacances au même endroit, c'est qu'on épuise vite les séductions des autres estivants : pour le dire autrement, j'en ai moi aussi fait l'expérience, c'est un vivier restreint). Ils ont donc soulevé le portail, l'ont porté jusqu'à la deux-chevaux et sont revenus à la maison où ils l'ont planqué dans la cave (au-dessus de laquelle père et fillettes dormaient benoîtement). Ils ont dû reboire quelques coups, puis se sont dit que ce serait marrant de retourner à la fête pour voir si leur exploit avait été remarqué, et comment il était apprécié. Je suppose que leurs allées et venues, ajoutées à leur statut un peu particulier (la bande des Babouins était une sorte de caste) et à l'état d'ébriété qu'ils avaient sans doute laissé paraître au cours de la soirée, les désignaient comme d'évidents suspects. Ils ne sont pas restés longtemps, cette fois, mais au retour se sont aperçus qu'ils étaient suivis par une Fiat 500. Tous phares éteints, ils se sont planqués dans une rue adjacente et sont rentrés sains et saufs à la maison. Où ils ont décidé (après avoir de nouveau bu quelques coups) qu'il était plus sage de remettre ce portail en place. À l'aube, ils l'ont donc ressorti de la cave par la porte du jardin, l'ont hissé dans la deux-chevaux et sont allés le réinstaller.

Je ne sais pas comment j'aurais réagi si mon frère avait rompu son habituel mutisme, le lendemain, et nous avait raconté cette équipée absurde (ni plus ni moins absurde que d'autres activités de jeunes mâles lorsqu'ils ont bu et pas de projets de drague précis : en témoigne la fresque imitée de Basquiat qui orne les murs d'une des pièces de la cave, fait de gloire plus récent d'autres jeunes avinés, souvenez-vous). Je pense que j'aurais été déçue, sceptique, peut-être même légèrement méprisante : je leur supposais des aventures plus romanesques – c'est-à-dire plus banales.

J'ai pris et vous rapporte cette histoire de Babouins comme un *easter egg* : elle ne sert à rien d'autre qu'à justifier la présence de ce déguisement dans votre inventaire et à reproduire en le détournant le but de l'*escape game*, ouvrir des portes (en l'occurrence, ici, en voler une).

Raccourcis

Vous avez presque fini. Le déguisement de babouin ne vous sera d'aucune utilité et vous vous demandez peut-être si je ne joue pas les prolongations. Après tout, vous êtes sortis de la maison, avez résolu toutes les énigmes, exploité tous les indices, fait fonctionner tous les instruments que vous avez rencontrés. L'écran de votre ordinateur pourrait rester allumé, et vous, vous pourriez vous contenter de regarder le soleil décliner (au nord de Chausey en ce début d'été) ou, si vous n'êtes pas sensibles aux chromos, l'éteindre et passer à autre chose.

Tous les instruments, vraiment? Et la promesse que je vous ai faite de trouver un moyen simple de voyager dans le temps? Et ces aiguilles de la pendule que vous n'êtes arrivés jusqu'ici à mouvoir que vers le futur?

Vous avez réussi à installer le parasol et à transformer un tapis de gym en matelas de plage et vous savez maintenant que tout progrès, dans un *escape game*, a des conséquences. (Dans certains jeux, à chaque fois que vous élucidez une énigme, ouvrez une porte, franchissez une étape, une petite icône apparaît dans un coin de l'écran, parfois accompagnée d'un bip, pour vous confirmer que vous avez progressé.) De toute façon, l'heure du rayon vert approche et la température a fraîchi, sur la petite terrasse.

Même les soirs les plus chauds, le coucher du soleil en chasse tout le monde. L'apéritif copieux qui y a été apporté est fini depuis longtemps, on a déjà un peu trop fumé, trop bu, trop attendu. On remonte vers la maison, à chacun sa charge : le cache-pot de faïence blanche (l'un des deux qui ornent la grille de boulanger de la salle à manger) rempli de coquilles de bulots, le plateau, les bouteilles vides, les crèmes solaires – et les matelas de plage si une averse est prévue pour la nuit. On rouvre les volets du salon (certains parents autoriseront un dernier dessin animé aux petits plantés devant la télé, mais la lumière du crépuscule ne les éblouira plus).

Dans la salle à manger, le degré d'agitation est variable.

Le couvert parfois a déjà été mis, le dîner froid est prêt depuis longtemps, ceux qui ont nagé et bronzé le plus tard possible s'éclipsent pour prendre une douche, les autres entament une partie de baby-foot. Quelqu'un se met au piano et adapte son répertoire à la pénurie de touches valides. Le soleil est couché, le rayon vert a brillé et disparu, le battant de pitchpin de la double porte qui mène à l'entrée est fermé (il pourrait sinon entraver les mouvements des joueurs, de baby et de piano), mais des reflets rose foncé rôdent encore sur le mur sud, jusqu'à ce que les retardataires, lavés, shampooinés et rhabillés redescendent en ordre dispersé et que l'un d'eux, l'une d'elles décide de brancher les guirlandes accrochées au plafond et sonne la cloche au cas où un résident se serait endormi là-haut sur son livre.

Lorsque la maison est moins pleine, ses occupants moins stricts sur les horaires, c'est le rush : on s'active en cuisine, on découvre que le lave-vaisselle n'a pas été vidé (ou, plus contrariant, qu'on a même oublié de le lancer après le déjeuner). Personne ne joue à rien. S'il y a vraiment foule dans la cuisine et que suffisamment de monde s'occupe déjà du couvert, certains en profitent pour passer un coup de fil, c'est-à-dire arpentent le jardin en maugréant (il n'y a plus de fixe depuis des années) et en braquant leur téléphone dans toutes les directions, à la recherche d'un coin où ça capte.

Dans le salon, il fait encore suffisamment jour pour que vous n'ayez pas besoin d'allumer les lampes pour manipuler la pendule. Les enfants, s'il y en a ce soir, sont captivés par leur film, font semblant pour ne pas aller se coucher, ou dorment déjà à moitié. Dans tous les cas, ils ne vous prêtent aucune attention. Ils vont d'ailleurs disparaître dès que vous aurez tenté, avec succès, de tourner les aiguilles à l'envers, et que la pièce se mettra à crépiter.

Les flashs stroboscopiques et les variations assourdissantes sont identiques à ceux que vous avez provoqués pour quitter l'été 2017 et vous projeter en juillet 2019, mais, avant que vous n'arrêtiez votre geste sur une fréquence soudain repérée comme stable, rappelez-vous : dans le tutoriel, je vous ai parlé des raccourcis, ces moyens qu'on découvre, en progressant dans un jeu, de se déplacer dans l'espace ou dans le temps. La maison n'est pas assez vaste pour justifier la présence de raccourcis topographiques. En revanche, et c'est la fonction qu'elle remplit, pour moi et j'espère pour d'autres, c'est le moyen idéal de voyager dans le passé.

La lumière se fige, les grésillements cessent. C'est le début de l'après-midi et la mer commence à se rapprocher, mais, dans la salle à manger, il n'y a personne pour la regarder.

J'ai abrégé mon déjeuner pour conduire des enfants à l'école de voile de Granville, laissé les autres adultes autour d'un plateau de fromage, fait l'aller et retour par la route de la côte, à peine sensible à la beauté familière de ce trajet, surtout au retour, tant je guette avec impatience l'arrivée de mon fils aîné, vingt et un ans, parti étudier à l'étranger, et que je n'ai pas vu, autrement que sur mon écran d'ordinateur lorsqu'il nous skype, depuis la fin décembre.

Juillet s'achève presque et il est rentré hier à Paris, d'où il a promis de nous rejoindre, sans préciser quel train il prendrait (il vient avec son vélo, n'a pas besoin qu'on aille le chercher à la gare). J'ai espéré qu'il serait dans celui qui arrive vers 14 heures et, en descendant la route vers Saint-Pair, je m'attends à le voir apparaître devant moi dans un virage, mais non. Lorsque je gare la voiture devant la maison, sous la fenêtre de la salle à manger, je me suis résignée à attendre le prochain train.

L'entrée est vide, mais, plus étrange, la salle à manger et la cuisine aussi. Normalement, les autres devraient en être à peine au café. Seule une amie est restée, qui traverse la pièce et se dirige vers l'entrée d'un pas lui aussi suspect, pas naturel. Je n'ai pas le temps de réfléchir à ces mystères. La porte qu'elle vient de franchir s'ouvre de nouveau et, sur le battant de pitchpin, s'encadre le visage, lui-même d'un rouge cuivré, de mon fils aîné. Il a pédalé comme un fou depuis la gare et, à peine entré dans le jardin, aperçu par un fumeur accoudé à la fenêtre est, derrière le baby-foot, s'est vu enjoindre de se cacher immédiatement pour ne pas gâcher la surprise qu'il s'apprête à me faire. Il s'est jeté avec son vélo et son sac à dos derrière un maigre bosquet d'aubépines. Je suis sortie de la Twingo sans le remarquer.

Toute l'après-midi, nous sommes restés assis dans les fauteuils de skaï vert troués, de part et d'autre de la porte-fenêtre, côté mer. Il faisait un temps magnifique et nous aurions dû être constamment interrompus, ou du moins aurions dû voir passer et repasser entre nous une dizaine de résidents affairés, montés chercher leur maillot de bain et redescendant à la plage, préparant le goûter des plus jeunes, ou revenant du supermarché. Je n'ai compris qu'après coup qu'ils avaient tous soigneusement évité ce coin de la salle à manger, avaient contourné la maison, s'étaient faufilés sans bruit dans la cuisine. Le soir, nous avons tous dansé sous les guirlandes électriques, et le coffre à déguisements a beaucoup servi.

Vous découvrez qu'il suffit d'imprimer aux aiguilles de la pendule un mouvement brusque, comme un croupier à sa roulette, pour que le voyage s'accélère (plus de crépitements visuels et sonores, un simple fondu au noir, muet) et qu'elles s'arrêtent d'elles-mêmes sur des scènes bien plus anciennes encore (le retour suprise de mon fils date de 2014).

Mon père lui aussi a souvent franchi cette porte avec une mine écarlate, à l'époque où il jouait au tennis. Il ressuscite dans l'entrée, en short et tee-shirt blancs, la démarche un peu groggy de qui a disputé un vrai match à une heure de l'après-midi où le soleil d'août cogne, sur le court en béton défoncé des cousins, quelques maisons plus loin – soudain saisi par la fraîcheur et la pénombre de l'entrée.

Il ressuscite, assis au piano à l'époque où on pouvait encore y jouer « La mer » de Trenet en entier.

Et bien sûr au bout de l'étroite terrasse en ciment qui longe la façade, devant la porte-fenêtre du salon, posant une liasse d'épreuves sur ses cuisses bronzées et se penchant pour sortir ses jumelles de leur étui.

Dehors, contre la balustrade en briques qui borde le terrain à l'ouest, il se tient, jeune encore, les mains jointes derrière le dos, et je le regarde depuis la fenêtre de mon ancienne chambre, où je choisis la tenue que je mettrai ce soir pour aller danser, se pencher pour évaluer la force de la marée qui bat la digue.

Si vous faites repartir les aiguilles de la pendule dans le bon sens, vous le verrez traverser, plus âgé, ce bout de terrain inégal et caillouteux d'un pas moins assuré, les mains dénouées cherchant l'appui de la balustrade, et se pencher pour contempler les jeux de ses petits-enfants, sur la plage, en dessous. Même de dos (et même si je ne l'ai pas vu depuis bientôt treize ans), je devine l'expression de son visage, son sourire vague, son regard perdu qui, au-delà de cette houle ou de ces châteaux de sable, voyage plus loin encore, se reporte à un temps que je n'ai pas connu.

Après sa mort (nouveau fondu au noir), la haute silhouette, certaines inflexions dans la voix de mon frère lorsqu'il s'adressait à ses très jeunes filles ont prolongé la présence de notre père dans la maison. Il suffisait qu'il se lève de table pour aller fourrager dans un tiroir du buffet et revienne surveiller le repas des petites pour raviver des souvenirs eux-mêmes distants les uns des autres (mon enfance, celle de mes aînés). J'ai profité de ces superpositions. Elles m'ont parfois frustrée aussi, la correspondance n'était jamais parfaite et je lui en voulais presque d'être différent.

C'est mon second fils aujourd'hui (en attendant que le petit dernier, qui lui ressemblera sans doute plus physiquement, ait grandi) qui me rappelle le plus mon frère. Ses yeux soudain écarquillés comme un acteur muet du cinéma burlesque, ses entrées théâtrales dans la salle à manger, son sérieux lorsqu'il fait la cuisine ouvrent d'autres raccourcis temporels dont il est encore trop tôt pour jouir sereinement.

Lorsque j'ai commencé à imaginer ce livre, je pensais l'appeler *La Fin de l'été* ou *Quand vient la fin de l'été*, référence à la reprise par Voulzy d'une chanson sentimentale évoquant les amours de plage qui ne survivent pas à la rentrée – et que je me mets toujours à chantonner malgré moi à partir du 15 août en faisant la vaisselle.

Mais je m'échappe avec vous du jeu un dimanche matin de la mi-juillet, dans une maison très pleine où la moyenne d'âge (sans me compter) tourne autour de vingt-six ans.

Hier après-midi, mon fils aîné et ma fille, qui ne s'étaient pas vus depuis le début des vacances, sont restés un certain temps assis dans les fauteuils en skaï vert de la salle à manger, l'un en face de l'autre. En remontant de la petite terrasse, je suis passée entre eux. « On garde la porte », a dit l'un.

« C'est une bonne place », a dit l'autre. Ils savent peu de chose du livre que je suis en train d'écrire et n'y pensaient sûrement pas à ce moment précis, mais moi, je vois des raccourcis partout.

Hier soir, j'ai été raisonnable et je suis allée me coucher de bonne heure, laissant les huit jeunes s'amuser tranquillement (comme le faisait mon père à mon âge, à ma place). J'ai failli redescendre de ma chambre en entendant « La Isla Bonita », mais les enfants ne supportent pas de voir danser leur mère, surtout devant des copains. Je me suis retenue.

Ce matin, je me suis levée la première. Dans l'entrée, le coffre à déchets débordait de bouteilles vides. J'ai bu mon café dans le salon en regardant la mer monter. Il fait un temps exceptionnellement ensoleillé cette année. Un des Babouins (dont je n'avais pas de nouvelles depuis dimanche dernier, date prévue pour l'arrivée du nouveau bateau au port de Granville) m'a prévenue par SMS qu'ils étaient juste devant la maison. Je suis allée chercher les jumelles dans la bibliothèque, les ai sorties de leur étui en cuir noir, les mains un peu tremblantes, j'ai pris soin de passer leur lanière derrière ma nuque, j'ai dévalé les marches du perron en granit et je me suis rapprochée de la balustrade en briques qui borde le terrain vague, devant la maison. J'ai tenté de reconnaître les membres de l'équipage embarqués sur le voilier à la coque blanche, mais ils étaient un peu trop loin. Je me suis retournée, j'ai remonté lentement le perron, et je suis rentrée dans cette maison de marins, sentant dans mon dos la présence du bateau à l'arrière-plan.

Dans quelques minutes, les fêtards vont se succéder autour de la table scandinave, les yeux en quiquines de poupousse (une expression belge qui se passe, je crois, d'explication), et me raconter qui a mis le déguisement de homard, qui celui de Tigrou, qui s'est endormi, ivre mort, sur le canapé rouge de la bibliothèque.

L'été ne fait que commencer.

Table

Achevé d'imprimer sur Roto-Page
en décembre 2019
par l'Imprimerie Floch à Mayenne
N° d'éditeur : 2673 – N° d'édition : 362010
N° d'imprimeur : 95346
Dépôt légal : janvier 2020

Imprimé en France